新潮文庫

幽《かくり》世《よ》の薬剤師 2

紺野天龍 著

新潮社版

11690

目次

登場人物紹介

空《う》洞《ろ》淵《ぶち》霧《きり》瑚《こ》

大学病院の漢方診療科で働く薬剤師。
現代医療における漢方のあり方に悩んでいたが、
ある日、白銀の髪の少女と出会い、「幽世」へと迷い込む。
そこで流行する「病」を前に、自分のできることを模索し始めるが……。
代々、漢方を家業としてきた一族の出身で、祖父や父も漢方家だった。

御巫《みかなぎ》綺《き》翠《すい》

幽世の巫女。怪異を祓う能力を有し、
同種の役割を担う人間の中でもその力は極めて強い。
一見、冷たい印象を与えるが、
感情表現が苦手なだけで、実は優しい心根の持ち主。
妹と二人で暮らしている。祖先は金糸雀とともに
「現世(現実世界)」と「幽世」の分離に関わった。

幽世《かくりよ》の薬剤師

PARALLEL UNIVERSE
CHEMIST

2

プロローグ

今、村を悪習により支配する〈神〉の正体が暴《あば》かれた。

空洞淵霧瑚《うろぶちきりこ》は、逸《はや》る気持ちを抑えながら、舗装されていない悪路を踏み村へ向かう。

「空洞淵くん、本当に伝承の真相がわかったの？」

まるで平地と変わらぬ様子で音もなく傍らを歩く御巫《みかなぎ》綺翠《きすい》は、小首を傾《かし》げて彼を見やる。空洞淵は、頷《うなず》くことで肯定を示す。

そう、と綺翠はいつもと同じ素っ気ない様子で小さく息を吐く。

「楽しみにしてるわ」

「事前に聞かなくていいのかい？」

道すがら、綺翠には簡単に説明しておこうと思っていただけに空洞淵は戸惑う。

「二度手間になるでしょう。みんなと一緒で大丈夫よ」

澄まし顔でそう言うと、綺翠は視線を前方へ戻した。

空洞淵への厚い信頼故《ゆえ》ということはわかっているのだが、念のため綺翠に確認を取っておきたかったこともあったので少々歯痒《はがゆ》くもある。仕方がない、また行き当たりばったりにはなるが、自分の論理を信じて進むしかない。

それから改めて横目で彼女を見やる。

今はいつもの巫女《みこ》装束ではなく、どこにでもいる町娘のような地味な紬《つむぎ》を着ているが、それでも彼女の美しさが損なわれることはまったくない。それどころか、隠しきれない高貴な雰囲気がまるでお忍びで下界に来ている天女のようでもあり、隣を歩いているだけで何とも言えず落ち着かない心持ちになる。

空洞淵は気持ちを静めるために、思考を巡らせる。

——神籠《かみごも》村の伝承。

それは村の守り神とされるミズチ様が、毎年村に住む若い女性を一人花嫁として選び、〈神の子〉を妊娠させるという奇妙な因習だ。〈神の子〉を孕《はら》まされた女性は、衰弱し、やがて血を吐いて死ぬのだという。

かごめかごめ　かごのなかのとりは　いついつでやる
ひととせいっしの　しのおきて
たがえば　しょうきがふきだすぞ

あなのそこから　こちらをみてるの　だあれ？

村独自の童歌《わらべうた》にも歌われる理不尽な伝承だが、この世界ではむしろそちらのほうが〈自然〉なのかもしれない。

現代日本で病院の漢方薬剤師をしていた空洞淵は、ひょんなことからこの〈幽世《かくりよ》〉と呼ばれる異世界に連れて来られてしまった。〈幽世〉は、現実世界とは異なり、怪異が実在する世界だった。

怪異——つまり、呪《のろ》いや神罰の類《たぐい》だ。そしてこの世界の怪異は、現実にはあり得ない事象、現象を可能とする。

それゆえに、神が村の安泰と豊穣《ほうじょう》を約束するのと引き換えに、村の女性を生《い》け贄《にえ》として求めるということも十二分にあり得るのだが……。

依頼により調査を進めるうちに、空洞淵はこの村を百年もまえから苦しめている伝承の真相に気づいた。

そもそもこの村には、神様など存在しないという真相に——。

百年の悲しみに終止符を打つためにも、早く空洞淵はこの真相を村の人たちに語る必要がある。

だが——。

その先の結論は、村の人たちが決めなければならない。

これから村を、どのようにしていきたいのか。

これまでと同じように、毎年一人の女性と引き換えに安全の保障された豊かな生活を送るのか、それとも——。

そこまで考えて空洞淵は首を振る。空洞淵が気にすることではない。彼に与えられた仕事は、ただ推理を語ることだけなのだから。

柊《ひいらぎ》の生い茂る山道を、怪我《けが》をしないよう注意して進みながら、空洞淵は数日まえの出来事について思いを馳《は》せる——。

第一章

日常

1

その日の最後の患者は、中年の女性だった。

数日まえ、風邪症状でやって来た患者だ。女性は長々と懇切丁寧に病状を説明した後、こう結ぶ。

「——とにかく先生の薬で熱は下がったんだけど、何だか怠《だる》くて、頭が痛くて、食欲がないのよ。何とかならないかしら」

「わかりました。とにかく診てみましょう」

和服の上に白衣を羽織った空洞淵霧瑚《うろぶちきりこ》は、さっそく脈診を開始する。

脈は弱くまだ力がない。確かに熱は下がったようだが、完全に病邪が去ったわけではなさそうだ。顔色もあまり優れず、額にはうっすらと汗を掻《か》いている。

「お小水の出は如何《いかが》です？」

「うーん、あまりよくないかもしれないわねえ」

「喉《のど》は渇きますか？」

「そう、ね。少し渇くかも」

ふむ、と呟《つぶや》いて空洞淵は頭の中でいくつか薬の候補を絞っていく。

「少しおなかの状態も診たいので、帯を緩めて立っていただいても構いませんか」

「はいはい」

女性は言われるままに立ち上がる。

腹診してみる。胸脇《きょうきょう》や心下《しんか》の痞硬《ひこう》は確認できない。むしろ軟弱な印象だ。やや圧痛はありそうだが、これも目標にするほどではない。ただ臍下《せいか》の脈動にやや亢進《こうしん》がみられた。

もういいですよ、と告げて空洞淵は後ろを向く。その間に女性は、着物を整えた。

改めて女性と向かい合い、空洞淵は診断を下す。

「五日まえの風邪が身体《からだ》のやや奥のほうに留まってしまっている状態なのだと思います。経絡で言うと少陽《しょうよう》という部分ですね。ここは、身体の表と裏に気の流れを繋《つな》ぐ役割を持っているのですが、病邪がこのあたりまで進行してしまうと、上手《うま》く気の流れを繋げられなくなり、そして停滞した陽気が上衝して頭痛や頭汗となって現れるんです。またこの間お出ししたお薬は、発汗させて病邪を外に出すものだったので、その影響で少し津《しん》液《えき》——つまり、体液も不足してしまっています。そのあたりの改善を目標にお薬をお出ししましょう」

「よくわからないけど、先生にお任せするわね」

女性の言葉に苦笑を浮かべてから、それでは少々お待ちください、と残して、空洞淵は調剤に取り掛かる。

頭の中に『傷寒雑病論《しょうかんざつびょうろん》』の記述を思い浮かべる。


傷寒五六日已発汗而復下之胸脇満微結小便不利渇而不嘔但頭汗出往来寒熱心煩者此為未解也柴胡桂枝乾薑湯主之

『傷寒論』太陽病脈証併治より、柴胡《さいこ》桂枝乾姜湯《けいしかんきょうとう》を引き出し、うん、と一度頷《うなず》く。

処方が決まれば、あとは調剤するだけだ。四日分を手早く作り、女性の元へ戻る。

「それでは、今日お出しするお薬は、こちらの柴胡桂枝乾姜湯になります。一袋を二合四勺《しゃく》の水で半量になるまで煮詰め、滓《かす》を捨てて、再度煎液《せんえき》を六勺になるまで煮詰めてください。一日三回、食前に飲んでくださいね」

「滓を捨てたあとまた煮詰めるの？」

「はい。所謂《いわゆる》二回煎じという煎じ方ですね。そのほうが効能が高まるので、多少手間ですが頑張って煎じてください」

「……味は？」女性は少し不安そうに首を傾《かし》げた。

空洞淵は少し考えて答えた。

「前回お出しした葛根湯《かっこんとう》のほうがまだ飲みやすいと思います。でも、これはかなりマシなほうです。もっと酷《ひど》い臭《にお》いや味のものも沢山ありますから」

「それは怖いわねえ……」女性は困ったように頬に触れる。「やっぱり健康が一番ね。頑張って飲むわ」

「ええ、是非」

空洞淵は笑みを返した。女性はお代を置いて帰って行く。

ゼンマイ式の置き時計に目を向けると申《さる》の刻、夕七つ——大体午後四時過ぎあたりだった。いつの間にか西日が差している。今日はこのあたりで店じまいとしよう。

空洞淵は一度大きく伸びをする。身体の節々がゴリゴリと不穏な音を奏《かな》でる。今日も一日忙しかったと、振り返っていたところで、コツコツと軽く戸が叩《たた》かれた。

「——空洞淵くん、いる？」

ぬばたまの黒髪を靡《なび》かせて、巫女《みこ》装束の女性が入ってきた。

目を見張るほどの美女だが、能面のような無表情を貼《は》りつけているので、近寄りがたい印象を醸《かも》し出している。それでも空洞淵は気さくに迎え入れた。

「いらっしゃい。ちょうど今終わろうとしてたところだよ。綺翠《きすい》も外回りの帰りだろう？　よかったら、お茶でも飲んで一息吐《つ》いていきなよ」

空洞淵の提案に、その女性——御巫《みかなぎ》綺翠は、ほんの少しだけ表情を緩めた。

「……そうね。せっかくだし、少しゆっくりしていこうかしら」

勝手知ったる何とやらだ。綺翠は、慣れた様子で框《かまち》を上がり、囲炉裏の側《そば》に正座する。傍らにはいつも帯びている白鞘《しろざや》小太刀を置く。

「そういえばさっき、氏子からお土産にお饅頭《まんじゅう》を二ついただいたの」淡々と、綺翠は告げる。「一つは穂澄《ほずみ》のお土産にして、もう一つは今、半分こにしましょう」

「いいね、そうしよう」

綺翠の不器用な優しさが温かくて、思わず笑みが零《こぼ》れる。きっと綺翠は、初めからそのつもりで〈伽藍堂《がらんどう》〉に立ち寄ったのだろう。出会ってから二ヶ月あまり、空洞淵もだいぶこの〈相棒〉のことがわかってきた気がする。

濃いめの煎茶をいれて、二人で半分の饅頭をかじる。甘すぎないあんこが、空洞淵には大変好みだった。

「お店、繁盛《はんじょう》してるみたいね」

ぽつりと綺翠が言った。

「そうだね。まあ、薬処《くすりどころ》なんて繁盛しないに越したことはないんだけど……この街の医療に貢献できてるなら、僕も嬉《うれ》しいよ」

「私も最近よく出先で空洞淵くんのことを聞かれるわ」

「そういうとき、なんて答えてるの？」

「人畜無害な薬師《くすし》の先生だから気軽に訪ねてください、って」

取り澄まして、綺翠はお茶を啜《すす》った。一見すると興味がなさそうにも見えるが、きっと彼女も空洞淵が街の人に受け入れられて嬉しいのだろう。御巫綺翠というのは、そういう女性だ。

すぐに饅頭も食べ終わり、しばらく沈黙が満ちる。それは気まずいものではなく、むしろとても心地よい沈黙だった。

元々、空洞淵も綺翠も口数は少ないほうだ。二人でいると、こうした沈黙がよく訪れる。

置き時計に目をやって空洞淵は重たい口を開く。

「そろそろ帰ろうか。穂澄も待ってるだろうし」

「――そうね」

気のない様子で綺翠は立ち上がる。

手早く湯飲みを洗い、二人は並んで店先へ出る。

「……あら」

珍しく、綺翠は意表を突かれたような声を上げ、天を仰いだ。

いつの間にか、空からはしとしとと雨が降り注いでいた。見ている間に雨足は強くなり、すぐにざあざあ降りになってしまう。

夕立なのだろうか。すぐに止《や》むといいのだが。

無表情のまま降り込める雨を見つめていた綺翠は、ぽつりと呟く。

「……これも遣《や》らずの雨というのかしら」

「え？」

聞き返す空洞淵。しかし、それには答えず、綺翠は空洞淵を見やり、僅《わず》かに口元に笑みを浮かべた。

「――もう少しだけ、のんびりしていきましょうか」

〈幽世《かくりよ》〉の薬剤師、空洞淵霧瑚の新しい日常は、こうしてゆるりと過ぎていく。

さながら優しい夢のように。

2

空洞淵が〈幽世〉へやって来て、早くも二ヶ月が過ぎた。

やって来た、とは言っても自らの意思ではない。〈白銀《しろがね》の愚者〉――月詠《つくよみ》と呼ばれる少女によって、無理矢理連れて来られたのだ。

現実世界から隔絶された〈幽世〉。

ここは、〈国生みの賢者〉金糸雀《カナリヤ》が生み出した異世界である。

――かつて、世界には怪異が実在していた。

〈怪異〉とはすなわち、怪しく、そして人とは異なる存在――一般的には〈あやかし〉などとも呼ばれる妖怪、あるいは神霊のことだ。具体的には鬼や天狗《てんぐ》、河童《かっぱ》などがそれである。

だが、怪異と呼ばれる彼らとて、突然自然発生したわけではない。

怪異が生まれるための条件――それは、人々の認知なのだという。

自然現象に対する畏怖《いふ》や、避けられぬ運命への諦観《ていかん》、あるいは未知なるものへの言い知れぬ恐怖は、人々にありもしない幻想を抱かせる。

それらの幻想認知は、〈伝奇ミーム〉と呼ばれる不可視の情報因子を介して、人口に膾炙《かいしゃ》していく。そして、やがてその認知の数がある一定の閾値《いきち》を超えると怪異として像を結ぶらしい。

たとえば、一人で道を歩いていただけなのに突然皮膚が切れて出血をしたとする。するとその人は、目に見えない何かに斬《き》りつけられたのだと考える。そして似たような状況に遭遇する人が増えてくると、〈目に見えない何かに斬りつけられる〉という認知が人々の間に広まっていく。

やがて認知が十分に広まると、〈目に見えない何か〉は〈鎌《かま》を持った鼬《いたち》〉というような実体をもつ、ということだ。

つまり、人成らざる超常的な怪異は、すべて人間の認知によって生み出されたことになる。

ところが金糸雀は、あらゆる怪異と〈伝奇ミーム〉を世界から切り離し、この〈幽世〉を生み出した。

その結果〈幽世〉では、現実世界とは比べものにならないほど〈伝奇ミーム〉の密度が高くなり、ちょっとした人々の噂《うわさ》程度の認知で現実を書き換えられるようになってしまった。

わかりやすく吸血鬼を例にとって考えてみる。

あるところに、日の光を嫌い、肌が青白く、犬歯が鋭く、動物の血液を舐《な》めることに快感を覚える特殊な趣味の持ち主がいたとする。その存在は、やがて人々の間で噂となり「あの人は吸血鬼なのではないか？」などと囁《ささや》かれるようになる。当然、初めはただの噂でしかなく、その特殊な趣味の持ち主もただの人間なのだが、あるときそのような認知の数が閾値を超えた瞬間——本人の意思に因《よ》らず、現実は改変されてその人は噂どおりの吸血鬼になってしまうのだ。

つまるところ、噂が現実化する可能性がある世界ということ。

だから〈幽世〉では、日々新たな怪異が生まれている。そのような経緯で発生した怪異を〈感染怪異〉と呼び、対して〈幽世〉が生み出される以前より存在していた怪異を〈根源怪異〉と呼ぶ。

わかりやすく言い換えるならば、〈幽世〉創世以前に無から生み出されたモノが〈根源怪異〉、〈幽世〉創世以後、噂によって人の性質が書き換えられてしまったことによって発生したものが〈感染怪異〉というところか。〈感染怪異〉によって変質した人は、〈鬼人《おにびと》〉と呼ばれ、綺翠たち祓《はら》い屋によって怪異を祓われる対象となる。

ちなみに、一般的に〈感染怪異〉とは、噂によって人が怪異に変質してしまうことを指すが、実際にその対象は人に限定されない。つまり、人だけでなく『もの』や、あるいは実体の存在しない『こと』も〈感染怪異〉の対象になり得る。実際、過去には綺翠が気まぐれに作ったお守りが〈感染怪異〉となりちょっとした騒動になったこともあるという。にわかには信じがたいが、それがこの世界の理《ことわり》なのだ。

空洞淵霧瑚は、人の噂が具現化するこの不思議な世界で、人成らざるもの、従来の常識からは考えられないような現象を数多く目にして、人生観をガラリと変えた。変えざるを得なくなった、というほうが正確なのだが。

とにかく〈幽世〉へ迷い込んで早々、吸血鬼に襲われたり、あるいは街で流行《はや》っていた原因不明の〈吸血鬼症候群〉騒動に自ら首を突っ込んで行ったりと、現実世界では決して体験し得ない危殆《きたい》を乗り越え、紆余曲折《うよきょくせつ》の末に、今は実家に代々伝わっていた漢方薬局の屋号と何故《なぜ》か同じ名を持つ〈伽藍堂〉という薬処で、〈幽世〉唯一《ゆいいつ》の医療従事者を務めているのだった。

ただし、例の騒動以降は、比較的のんびりと過ごしていた。

現実世界で閑職の病院漢方薬剤師をやっていた頃と比較すると、忙しさの度合いとしてはだいたい同じくらいだろう。

そろそろこの世界での生活にも慣れてきて、十分に自活ができるようにもなったので、居候《いそうろう》をさせてもらっている御巫神社からお暇《いとま》させてもらおうかと思ったこともあるのだが、同居人である御巫姉妹から猛反対を受けたので頓挫《とんざ》してしまった。

空洞淵としては、街でも評判の美人巫女姉妹が二人暮らしを続けていた神社に、突然得体の知れない男が転がり込んできて居座っている、という外聞の悪さを解消しようと思っただけなのだが……なかなかままならない。

とりあえず今のところ本人たちも気にしていないようなので、もうしばらく様子を見ることにして、この代えがたい日常を満喫することにしたのだったが――。

残暑も過ぎ去り、すっかり秋の陽気に切り替わったある日の午後。

いつものように空洞淵が伽藍堂で仕事をしていると、店先からどさりと何か重たい物音が聞こえた。生薬の修治《しゅうち》を行っていた空洞淵は、不審に思いながら作業を止めて店先を覗《のぞ》く。すると店の前に、見知らぬ少女が倒れていた。

「ちょ、大丈夫ですか！」

慌《あわ》てて抱き起こす。年の頃は十二、三だろうか。穂澄よりも年下なのは間違いない。状態を確認する。呼吸は浅く、やや微熱あり。脈も速いが、風邪という感じでもなさそうだ。疲労困憊《こんぱい》で、心拍が上がっている状態なのかもしれない。

とにかくこのままにもしておけないので、店の中に少女を運び、表には臨時休業の札を出す。

布団《ふとん》を敷いてその上に少女を横たえる。身に纏《まと》っている若草色の着物は、土埃《つちぼこり》で薄汚れてしまっていたが、元は上等なものであることが窺《うかが》えた。悪いとは思ったが、寝苦しいと思ったので、帯を少し緩めてやる。

履いていた草鞋《わらじ》もボロボロだったし、足袋も随分と泥で汚れている。よほど遠いところから歩いて来たらしい。濡《ぬ》らした手ぬぐいで、手足を綺麗《きれい》にしてやる。

手は、白くてほっそりとした如何《いか》にも少女らしいものだったが、幼い頃から肉体労働に従事することも多い〈幽世〉では、少し珍しいことのように思えた。肉体労働とはほど遠い生活をしている御巫姉妹も同様の綺麗な手をしている。着ている物もそうだが、もしかしたら良家のお嬢様なのかもしれない。

少し落ち着いたところで、改めて少女の状態を確認する。脈は先ほどよりも少し落ち着いている。やはり過労が原因のようだ。

「み……みず……」

不意に少女が苦悶《くもん》の表情を浮かべたまま呟いた。喉が渇いているらしい。空洞淵は少女の上体を起こし、水差しで少しずつ口を湿らせてやる。

こくり、と白い喉が上下した。それからゆっくりと少女は目を開く。

「あ……れ。こ……ここは……？」

定まっていない視点。空洞淵は、努めて優しい声色で答えた。

「ここは、伽藍堂。〈極楽街《ごくらくがい》〉の外れにある、薬処だよ」

空洞淵の声で、やっと彼の存在に気づいたように少女は彼を見やった。

「きみが店先で倒れていたから、保護させてもらったよ。水、飲めるかい？」

水差しを見せると、不思議そうな顔で目を丸くしていた少女だったが、慌てたように水を飲み始める。しかし、急いだためか咳《せ》き込んでしまう。

「大丈夫だから、落ち着いてゆっくり飲もうか」

小さな背中を優しく撫《な》でてやると、少女はこくりと頷き、今度は少しずつ水差しを傾けていった。その所作には、さり気ない品のようなものを感じる。

結局そのまま水差しを飲みきり、少女は深く息を吐いた。

「――生き返った気分です。助けていただいて本当にありがとうございました」

子供のわりに随分と物怖《ものお》じせず話すのだな、と少し感心する。

「あの、失礼ですが、薬師の空洞淵先生でいらっしゃいますか……？」

「僕を知っているのかい？　如何にも僕が空洞淵霧瑚です」

空洞淵が名乗ると、少女はその顔を喜色に染めた。

「よかった……！」少女は布団から飛び出して、板の間に正座をした。「私は、神屋敷《かみやしき》花喃《かなん》と申します。空洞淵先生にお願いしたいことがありやって参りました。その天眼通が如《ごと》きお力を、どうか我らにお貸しいただけ――っ」

言葉の途中で、少女――花喃はくたりとその場に頽《くずお》れた。慌てて空洞淵は抱き起こす。

「無理しちゃ駄目だって。さっきまで倒れてたんだから」

「し……しかし……」花喃は己の不甲斐《ふがい》なさを悔いるように声を振り絞る。「悠長なことをしている場合では……」

「駄目。何か事情があるんだろうけど、今はきみの身体が最優先だよ。きみが元気になるまで、話はお預けだ。いいね？」

「……畏《かしこ》まりました」

不承不承、花喃は呟いた。帯を緩めた状態で動き回ったせいで、着物の乱れが酷いことになっていた。なるべく見ないよう注意しながら、再び華奢《きゃしゃ》な身体を抱きかかえて、布団に寝かせる。花喃はすぐさま、また眠りに就いた。よほど疲れていたようだ。

さすがにこの状態で他の患者は診られないので、休業の札を店先に出したまま修治の作業に戻る。

そのときトントン、と控えめに戸が叩かれた。花喃を起こさないよう、そっと応対する。

「――あら、空洞淵くんいたの」

綺翠は、いつもの何事にも動じない無表情で店先に立っていた。

「お休みの札が出てたから何事かと思っちゃった」

「ちょっと急患でね。女の子だから、手伝ってもらえたら嬉しいんだけど……」

もちろん、と快諾して綺翠は音を立てない独特の歩法で店内へ入った。

布団の上で静かに眠る少女を一瞥《いちべつ》して、綺翠は声を落とす。

「どこが悪いの？」

「病気ではないんだけど、疲れが溜《た》まってるみたいなんだ。随分遠くから来たみたいで」

「遠く……？　ひょっとして街の外から来たのかしら？」

「そう、なのかな」

まだこの〈幽世〉に来て日の浅い空洞淵は、街の外のことまでは知らない。〈国生みの賢者〉金糸雀が現実世界から切り離したこの〈幽世〉という世界は、いったいどこまで広がっているのだろう。海があるらしいということは、ぼんやりと聞き及んでいるが、その先にも現実世界と同じように別の島があり、そこでも人々が営みを広げているのだろうか。興味はあったが、今はそれどころではない。

「極楽街の外にも、人が住んでいるのかい？」

「ええ。隠れ里といって、各地に小さな村や町があるわ」

「隠れ里？」

　空洞淵は首を傾げる。確か〈隠れ里〉というのは、日本の伝承に登場するある種の理想郷のことだったはずだ。

　綺翠は、慣れた手つきで囲炉裏でお茶を淹《い》れながら答えた。

「〈幽世〉を作ったとき、金糸雀は一緒に人里である極楽街を作ったのだけど、様々な理由で極楽街に住み着けなかった人々が街を出て、各地に集落を形成していったの。おまけに、〈隠れ里〉の形成には月詠が関与しているみたいで、金糸雀の千里眼も作用しないの。だから、どこにどのような規模の集落があるのかは、把握し切れていないみたい。〈国生みの賢者〉の認識を離れた非公認の集落だから、隠れ里、と呼ばれているわ。もっとも、非公認だからといって隠れ里に住む人たちを迫害しているとか、そういった話ではないから安心してね」

「なるほど……」

綺翠に淹れてもらったお茶を受け取りながら、空洞淵は頷いた。

〈国生みの賢者〉金糸雀は、額に第三の眼を持つ八百比丘尼《やおびくに》であり、この〈幽世〉で起こった出来事を自由に知覚できる。ところが、彼女の妹である月詠にまつわる因果はその知覚の対象外となるらしく、月詠本人がどこかで悪さをした場合はもちろんのこと、たとえ間接的ではあっても月詠が関与した事象は一切知覚できないのだという。

「でも、金糸雀にも把握しきれないって、ちょっと危険なんじゃないかな？　だってこの世界は元々、妖怪や物《もの》の怪《け》を隔離するために作ったんだろう？　金糸雀の目を逃れて、今も隠れ里に住む人たちに悪さをしているかも――」

「その可能性は否定できないけど」お茶を啜りながら綺翠はあえて淡々とした口調で言った。「金糸雀の庇護から外れる、というのはそういった不自由を許容するということよ。それが嫌ならば、さっさと極楽街へ戻ってくれればいい。その選択肢を採らない以上、私たちの関知するところではないわ。冷たいようだけれども、この〈幽世〉というところは、そういう理《ことわり》の上に成り立つ世界なのだから」

「――――」

空洞淵は思わず閉口する。

——生きるも死ぬも己次第。

かつて、〈白銀の愚者〉に言われた言葉が脳裏を過《よぎ》る。

ここは何もしなくても安全が手に入る現代日本ではないのだ。自ら動かない者に真の安寧は訪れない——頭では理解できても、感情的には納得できないのだった。

「——不満そうね」空洞淵の心境を見透かしたように、綺翠は目を眇《すが》めた。「薄情だと、私たちを軽蔑《けいべつ》した？」

「いや……」否定しようとしたが、上手く言葉が思い浮かばなかった。「僕のほうが異端なのは理解してるつもりだけど……。でも、世の中には救いを求めたくても、自ら手を伸ばせない人もいると思うから……」

「あなたは、そういう人も救いたいと？」

「……傲慢《ごうまん》、かな？」

「そうね」綺翠は容赦なく頷いた。「傲慢だし、身勝手だし、何よりその選択はあなた自身にも危険が及ぶものよ」

それでも——、と綺翠は、いつも一文字に結ばれている口元を僅かに綻《ほころ》ばせた。

「空洞淵くんのそういうお節介なところ、嫌いじゃないわよ。あなたがそのつもりなら、私も可能な限り協力してあげるけど、その代わり一つだけ約束して。誰かを救いたいと思ったらまず、いの一番で私に相談すること。一人で勝手なことは、絶対にしないこと」

　真剣な面持ちで綺翠は空洞淵を見つめた。

　それはきっと、いつかの事件で綺翠に何も伝えないまま無茶をしたことを言っているのだろう。空洞淵は微笑《ほほえ》み掛けた。

「もちろん。僕だってもう、あのときみたいに叱《しか》られるのはごめんだからね。必ずきみに相談するよ。約束する」

「それは殊勝な心掛けね。いいわ、信用してあげる」

　そこで綺翠は改めて、花喃に目を向ける。今はもう苦しげな様子はなく、安らかな寝顔をしていた。

「この子が本当に隠れ里から来たのだとしたら、一応金糸雀に話を通しておいたほうがいいと思うのだけど……何か言ってなかった？」

「僕に用があって来たみたいだけど……詳しいことは何も聞いてないな」

「そう……なら仕方ないわね。一旦《いったん》神社に運びましょうか」

「いいのかい？」

「部屋なら余っているし。それにその子も、そんな格好じゃ疲れが取れないでしょう」

　綺翠は素っ気なく言うが、言葉の裏に隠れる慈《いつく》しみの心が、空洞淵には嬉しかった。

「いつもありがとう、綺翠」

「気にしないで。私たちは――家族なのだから」

空洞淵は、花喃を起こさないようそっと背負い上げ、綺翠とともに神社へ帰る。

日に日に短くなる秋の夕暮れを惜しむようにのんびりと歩みを進めた。

玄関を開けると、いつものように巫女装束を身に纏った穂澄が、軽やかな足取りで出迎えてくれる。

「お姉ちゃんお兄ちゃんお帰りー。今日はいつもよりも早かったね――って、また知らない人連れてるぅ!?」

「ただいま穂澄。悪いのだけど、この子の客間を用意してもらえるかしら。それとできれば食事の支度も」

「何だかよくわからないけどわかったよ！」

いつか見たような会話が繰り広げられた。きっとこの程度のことは日常茶飯事で穂澄も慣れているのだろう。

穂澄が部屋の用意をしている間に、綺翠が花喃を着替えさせてくれるというので、姉妹に少女を託し、空洞淵は疲労を回復させるべく居間に寝転んだ。

さすがに薬処から神社まで、四十キロ前後の人間一人を背負って歩くのは応《こた》える。来たばかりの頃と比べたら、空洞淵も多少は体力がついたと思っていたがまだまだのようだ。元が運動不足の現代人だったのだから、もっと徹底して体力作りをしていかないと、この世界で生きていけないなと危機感を覚える。

　客間の用意が済んだようだったので、一番暇だった空洞淵が花喃の看病に戻る。花喃は水色の涼しげな浴衣《ゆかた》に着替えており、身体に付いていた泥汚れなども丁寧に清拭《せいしき》されていた。そういった細かい身だしなみは、男性の空洞淵ではなかなか手が出しづらい領域なので、御巫姉妹の心遣いがありがたかった。

　それからは特に動きもなく静かに時間だけが過ぎ去っていく。暮れ六つ（午後六時前後）を少し過ぎたところで、不意に花喃は唸《うな》り声を上げて目を開けた。

「気がついたかい？」

日も沈み、薄暗くなった室内を照らすため行灯《あんどん》に火を灯《とも》しながら空洞淵は声を掛けた。

「ここは御巫神社だよ。〈幽世〉で一番安全な場所だから安心して」

「そう、なのですか……お気遣いいただいてありがとうございます」

寝起きの掠《かす》れた声で花喃は答えた。先ほどよりは、多少声に張りが戻ったような気がする。

「起きられそう？」

「――はい」言われるまま花喃は上体を起こした。「少しくらくらしますが、何とか」

「食欲はあるかい？」

「おなかは――」答えようとして、少女の腹部から、キュウ、と可愛《かわい》らしい音が響いた。恥ずかしそうに赤面して黙り込む。

　空洞淵は笑みを返した。

「よかったら、一緒に食事はどうだい？　今、準備をしてもらってるところなんだけど」

「そ、そんな！　そこまでご迷惑をお掛けするわけには参りません！」

「でももう、きみの分も作ってもらっちゃってるし。むしろ食べてくれたほうが、嬉しいんだけどね」

　葛藤《かっとう》するように少女は視線を彷徨《さまよ》わせるが、すぐに大人しく頭を下げた。

「……それではお言葉に甘えてご馳走《ちそう》になります。重ね重ね、ありがとうございます」

「困ったときはお互い様だからね。それじゃあ、居間へ行こうか」

　ふらつく花喃の肩を支えながら、御巫姉妹の待つ居間へ顔を出す。

「あ、起きたんだね！　よかったー」

　卓袱《ちゃぶ》台《だい》に夕食を配膳していた穂澄は、嬉しそうに花喃に微笑み掛けた。

「私は穂澄。それとこっちはお姉ちゃんの綺翠。この御巫神社で巫女をやってるんだー。よろしくね」

「よ、よろしくお願いします」面食らったように花喃は答えた。「その、お食事の支度までしていただいて申し訳ありません。私もお手伝いを――」

「花喃ちゃんは、気にしないで休んでてよ。病み上がりでしょう？」

「いえ、しかしそういうわけにも……」

「大丈夫だから！　ほら、おねーさんに任せなさい！」

戯《おど》けたふうに、穂澄は腕を曲げて力こぶを作ってみせる。無論、筋肉などはまったく盛り上がっていないが、それでも満足そうに穂澄は配膳に戻った。きっといつも最年少なので、年下の花喃が現れて嬉しいのだろう。

　恐縮したように花喃は腰を下ろした。卓袱台を挟んで向かいに座っている綺翠は、わずかに表情を緩め、

「あの子は人のお世話をするのが大好きだから、本当に気にしないでね」

と、珍しく気を遣ってみせた。きっと緊張している花喃を見かねたのだろう。綺翠は基本的には無愛想な女性だが、意外と周囲には気を配っている。

　肩をすぼめながらも、花喃は少しだけ安心したように息を吐いた。

　夕飯は、ぼたん鍋《なべ》だった。長ネギや大根、こんにゃくと共に、赤身と脂《あぶら》のバランスが素晴らしい猪《しし》肉が並んでいる。味噌《みそ》の香ばしい香りが、食欲を誘う。

「いっぱいあるから、遠慮なく食べてね」

ニコニコしながら花喃の分のご飯をお櫃《ひつ》からよそう穂澄。頂戴します、と頭を下げて

受け取る花喃。

花喃は最初こそ遠慮気味に鍋を突《つつ》いていたが、美味《おい》しさに気づくと一心不乱にかき込み始めた。よほど空腹だったらしい。食べ盛りだろうに、きっと長い旅路で満足に食事も摂《と》れなかったのだろう。空洞淵に会うためにわざわざそこまでしたのならば、何としてでも彼女の期待に応えてあげたいところだが……さすがに一切の事情を聞いていない現状では判断ができない。とりあえず、花喃のために空洞淵はいつもよりも控えめに食べることにしたのだった。

ちなみに穂澄の料理の腕前は極楽街でも有名であり、その影響で日々様々な食材が彼女の元へ集まってくる。空洞淵は何もしていないのにその恩恵を受けており、街の住民の一部から羨《うらや》ましがられているのだった。

大量にあったはずのぼたん鍋は見事に空っぽになり、お櫃も同様に空になった。恐るべき食欲ではあったが、空洞淵は何だか嬉しかった。

食後、穂澄が淹れてくれたほうじ茶まで堪能《たんのう》したところで、突然我に返ったかのように花喃は畳に指を突いて深々と頭を下げた。

「――この度は、私のような得体の知れない余所者《よそもの》によくしていただき、感謝の言葉もありません。これほど美味しい食事をいただいたのは、生まれて初めてのことです。本当に、本当にありがとうございます」

「お口に合ったのならよかったよー」と穂澄。

彼女はたっぷり三十秒ほど頭を下げてから、ゆっくりと身体を起こし、今度は空洞淵を見つめながらはっきりとした口調で告げた。

「改めまして、自己紹介をさせていただきます。私の名は神屋敷花喃――〈神籠《かみごも》村〉が顔役、神屋敷家の末席を汚《けが》す者でございます」

「神籠村……？」

当然聞いたこともない名前だったので、ちらと綺翠の顔を窺うが、彼女も小さく首を振るだけだった。

「神籠村は、極楽街より西へ十里ほど離れた山奥にある小さな村で、所謂――隠れ里と呼ばれている集落です」

「その、失礼な言い方になるかも知れないけど、きみはそんな小さな山奥の村の出身には見えないんだけど……」

控えめに言葉を選んで空洞淵は尋ねた。薬処の前で倒れていた花喃は、薄汚れてはいたものの身なりもよく、どちらかというと良家のお嬢様のような印象だった。食事の際も、しっかりとした作法が身についており、空洞淵などよりもよほど上手に箸《はし》を使っていた。

「失礼ではありませんよ」花喃は苦笑した。「よく他の土地の方からは誤解を受けるのですが……神籠村は決して貧しい山村ではありません。土地が肥沃《ひよく》なため稲作が盛んであり、また山からは石灰石も多く採れるため、村はいつも非常に潤《うるお》っています。神籠村は、その名のとおり神の庇護《ひご》を受けた村なのです」

「へえ……いいところなんだね」

　隠れ里――彼女の生まれた土地は、文字どおりの理想郷なのかもしれない。空洞淵は、深山幽谷の地にひっそりと広がる楽園を想像して感心する。

「でも、そんなに豊かな土地なら噂くらいは耳にしてもよさそうなものだけど」

　綺翠は訝《いぶか》しげに眉《まゆ》を顰《ひそ》めた。

「それは……」少しだけ言いにくそうに花喃は視線を逸《そ》らす。「直接交流のある他の隠れ里などには多少の噂も広まっているかもしれませんが……村の掟《おきて》で、村が豊かであることをあまり公《おおやけ》にしてはいけないことになっているのです」

「秘密主義、ということかな？」空洞淵も首を傾げた。「普通だと積極的に村のよいところを誇示したほうが、人口が増えてますます豊かになりそうな気がするけど」

「秘密、とも少し違います。これは、みだりに村のことを口外しないようにという――神様との契約なのです」

　契約、という言葉が聞き慣れなかったため、花喃以外の三人は顔を見合わせる。

「少しだけ、村の話をさせてください。――私の生まれ育った神籠村には、大昔から神様が住んでいらっしゃいます。神様は目には見えませんが、その神通力にて村を豊かにしてくださっております。そしてその対価として――神様は村の娘を妻に娶ります」

神婚説話――。空洞淵の脳裏にそんな言葉が過る。

異類婚姻譚《たん》の一種で、神と神、あるいは神と人間の結婚にまつわる物語を指す言葉だ。

古事記の三輪山伝説では、人間の娘が大物主命《おおものぬしのかみ》の子を宿す逸話が描かれているし、特に女性を神と結婚させることで、豊作を祈るという逸話は世界各地に残されていると聞く。

「よくある伝承にも聞こえるけど……？」

綺翠も同様の感想を持ったようで、わずかに首を傾げる。

しかし、花喃は神妙な顔で首を振った。

「――花嫁に選ばれた娘は、本当に神の子を身籠るのです」

3

翌日。

空洞淵、綺翠、花喃の三名は〈国生みの賢者〉が住まう〈大鵠庵《だいこくあん》〉までやって来た。

この平屋の屋敷は森の奥にひっそりと佇《たたず》んでおり、普通の人間では辿《たど》り着くことさえも困難であるという。空洞淵自身、未《いま》だに綺翠の案内がなければ無事に辿り着ける自信がない。

屋敷の玄関先には、まるで空洞淵たちの来訪を予期していたかのように、深紅の髪の侍女、紅葉《もみじ》が古典的なメイド服を纏って立っていた。

「――ようこそいらっしゃいました。御屋形様が、皆様をお待ちです」

それ以上の余計なことは何も言わず、紅葉は空洞淵たちを屋敷の奥へと誘《いざな》っていく。屋敷の中は相変わらず夜と見紛《みまが》うほど薄暗く、先導する侍女の手燭《てしょく》の明かりだけが頼りになっていた。廊下は屋敷の外観よりも明らかに長く、おそらく何らかの超常的な力によって空間を捻《ね》じ曲げたりしているのだろうな、と空洞淵はいつも不思議に思う。

不意に紅葉が足を止めた。傍らにはひときわ大きく立派な襖《ふすま》が見える。どうやら目的地に着いたらしい。綺翠はいつもの調子で、お邪魔するわ、と言って、遠慮する素振りも見せずに、室内へ踏み入っていく。空洞淵と花喃もその背中を追う。空洞淵は慣れたものだったが、花喃はかなり緊張して萎縮《いしゅく》してしまっているようにも見える。こんなことなら、穂澄にも付いてきてもらえばよかった。彼女は、急な来客対応のため、本日は買い出しなのだった。

「お待ち申しておりました、主《あるじ》さま、綺翠。そして――隠れ里の、人の子よ」

金色《こんじき》の賢者、金糸雀は艶然《えんぜん》とした笑みを湛《たた》えて、空洞淵たちを迎え入れた。

この薄暗闇《うすくらやみ》の中にあっても尚目映《なおまばゆ》く輝く金の髪を畳に広げた、十二単《じゅうにひとえ》を纏う小柄な少女。高く通った鼻梁《びりょう》と翡翠《ひすい》の双眸《そうぼう》は日本人離れしているが、何より彼女の額に燦然《さんぜん》と輝く第三の瞳《ひとみ》が少女を人間離れさせていた。——すべてが非現実的にも見えるが、彼女こそがこの〈幽世〉を生んだ張本人に間違いない。

金糸雀はその色白の頬を、今は僅かに上気させている。

「主さま……久方ぶりでございます。主さまにお目に掛かれることを、わたくし、一日千秋の思いで待ち続けておりました」

どうやら空洞淵に会えたことがそれほど嬉しいらしい。何故かこの賢者は、空洞淵のことを『主さま』と呼ぶ。本人曰《いわ》く、かつて慕った誰かと似ているからということらしいのだが……そのおかげで空洞淵は、街の人から〈国生みの賢者〉の主人として認識され、陰で恐れられてしまっている。

大きな実害はないので、特に否定もせずにこれまでやってきたが、噂が一人歩きしないうちに何か手を打ったほうがいいかもしれない、とも思う。

「久しぶりだね。なかなか顔を出せずに申し訳ない」

「とんでもないことでございます。主さまは、街で唯一の薬師——その御身はまさに引っ張りだこでございましょう。わたくしだけが、主さまを独占するわけにも参りません。わたくしは、いくらでもお待ちしておりますので、どうかお気遣いなく」

見た目は幼さを残した十代半ばの少女なのに、金糸雀は超然とした笑みを浮かべた。彼女は〈八百比丘尼〉と呼ばれる妖怪であり、すでに齢《よわい》は八百を超えているらしい。頭では理解していても、なかなか見た目とのギャップに慣れなかった。

　空洞淵が言い知れぬ照れくささのようなものを感じていたところで、

「――いい雰囲気になるのは、また今度にしてもらってもいいかしら？」

　綺翠が何故か不機嫌そうな声で割って入った。

「ねえ、空洞淵くん。私たちは真面目《まじめ》な話をするためにここまで来たはずだけど……金糸雀の可愛い顔を見たら忘れちゃった？　空洞淵くん、可愛い女の子に少し甘すぎるんじゃない？」

「……ごめんなさい」

　何故怒られているのか皆目見当がつかなかったが、こういうときは口答えをせず平謝りするに限る。そんな空洞淵たちの様子を見て、金糸雀はまた楽しそうに笑った。

「相変わらず仲がよさそうで何よりです。さて――」

　そこでようやく金糸雀は、状況がわからず不安そうに立ち尽くしていた花喃に目を向けた。

「あなたが、どのようなわたくしの噂を聞いて育ったかは存じませんが、決してあなたを取って食べるつもりはないので、ご安心ください」

にっこりと微笑みかけると、花喃は少したじろいだ。

「そ……その、申し訳ありません。〈国生みの賢者〉様は、とても恐ろしい方と聞き及んでおりまして……。まさかこのように可憐《かれん》な方であるとは、思いもよりませんでした……」

「まあ、可憐だなんて。うふふ、お上手ですね」

金糸雀は嬉しそうだ。空洞淵としても、金糸雀が隠れ里の住民にどのような対応を取るのか少し不安だったので、友好的な様子に安堵《あんど》する。

三人は、いつの間にか用意されていた座布団に腰を下ろす。それから改めて、花喃は自己紹介から始めた。

「私は、神屋敷花喃と申します。極楽街から遥《はる》か遠く、神籠村より参りました」

「概《おおむ》ねの事情は存じ上げています」金糸雀は長い金糸の髪を耳に掛け、僅かに身を乗り出す。「あなたの村のお話をもう少し詳細にお聞かせ願えますか。何故、人の身に神の子などが宿るのかを」

彼女が空洞淵たちに話をしたあたりまでのことは彼女も千里眼で把握しているらしい。

問題はその話のあとだ。

昨夜は、どうにも話が複雑になりそうだったため、まだ万全ではない花喃の身体のことも考慮して途中で話を打ち切り、今日金糸雀の元で改めて詳細な説明を聞くことにしたのだった。

　空洞淵も話の続きが気になったので、花喃の言葉に意識を傾ける。

「……それが、神様――ミズチ様との契約だからです」花喃は緊張した面持ちで語る。「ミズチ様は、毎年村の娘から一人を選び、子種を授けます。ミズチ様の子を宿した娘は巫女となり、冬になるまえにミズチ様の住まう社へ嫁ぎます。それによって、ミズチ様は翌年の豊穣《ほうじょう》をお約束されるのです」

「ミズチ……蛇神の系譜かしら？」綺翠は金糸雀に尋ねた。

「その可能性は高いでしょうね」金糸雀は曖昧《あいまい》に頷いた。「蛟《ミズチ》は水神ですから、稲作が盛んな土地の豊穣を約束するのも頷けます。しかし……毎年、というのは少々気掛かりですね。それでは、村にはミズチの子がたくさんいるのですか？」

　花喃は悲しげに首を振った。

「……いえ、ミズチ様の子は、決して産まれては来ないのです。人の身に、神の子が宿ることによる負担は相当なもののようで……やがてミズチ様に嫁いだ娘は衰弱し、血を吐いて亡《な》くなると言われています」

　重たい沈黙が辺りに満ちた。

　村を栄えさせる対価として、村に住む娘の命が一つ失われる。

「そんなものは、ただの人身《ひとみ》御供《ごくう》じゃないか……！」

空洞淵は憤《いきどお》り、思わず膝《ひざ》を立てるが、すぐに自分の感覚こそがこの世界ではむしろ非常識に当たることを思い出し、苦みを噛《か》みしめるように再び腰を下ろした。

ここは〈幽世〉。空洞淵が現実世界から持ってきた倫理観など何の役にも立たない。

元来、人身御供というものは何の意味もないがために後世で否定されているのであって、実際に効果が認められているこの世界ならば、それは一概に否定してよいものではないだろう。

それが秩序の一つとなり、村人たちも納得しているのだとしたら、無関係の第三者である空洞淵に何かを言う資格などない。貧困や飢え、災害に疫病《えきびょう》など、山奥の小さな村が滅ぶ原因など掃いて捨てるほどある。それらすべてから村を守り、その対価として毎年娘がたった一人犠牲になるのだとしたら……ある意味破格の契約と言えるかもしれない。もちろん、手放しで認められるようなことでは決してないのだけれども。

「嫁いだ後のことは、私にもよくわかりません。大人たちが、詳しく教えてくれないので……。でも、長くは生きられない、というのが村の暗黙の了解です。だから、嫁入りの祭事は村中総出で行われます。花嫁には、食べきれないほどのご馳走が振る舞われ、花嫁を輩出した家には、村中から金品が贈られる……。そうして私たちは、繁栄と安寧を約束されているのです」

浮かない顔で、少女は続ける。

「……村にはこんな童歌《わらべうた》が伝わっています」

一つ、大きく息を吸い、花喃は節を付けて唄《うた》う。

かごめかごめ　かごのなかのとりは　いついつでやる
ひととせいっしの　しのおきて
たがえば　しょうきがふきだすぞ
あなのそこから　こちらをみてるの　だあれ？

空洞淵の知る『かごめ歌』とは——少し違う。奇妙な不一致に、思わず背筋が冷たくなる。

綺翠を見やると、彼女も同様の感想を持ったらしく、僅かに眉を顰めている。

「——街で伝わっている『かごめ歌』とはだいぶ異なるようだけど？」

「そのようですね」花喃は曖昧に頷いた。「元々は村の石碑に刻まれていた句が、童歌になったものなので、『かごめ歌』と一部類似している理由までは、私にもわかりませんが……」

いったい何故、『かごめ歌』が下敷きになっているのか。状況が飲み込めずにいると、不意に金糸雀が口を開く。

「『かごめ歌』は、そもそも妊婦のことを唄っているという説があるのですよ」

「妊婦？」と空洞淵。

はい、と頷き、金糸雀は穏やかに語る。

「『かごめ』とは『籠女』――籠を抱えたようにおなかの大きくなった女性、つまり妊婦を意味しています。同じように『籠の中の鳥』はおなかの赤子を、『いついつ出やる』は出産のことを暗示しているわけですね。ならば、神の子を宿すと言われている神籠村において、『かごめ歌』を下敷きにした句が詠《よ》まれることは、決して不自然なことではありません」

金糸雀は改めて花喃を見やる。

「賢者様のおっしゃるとおりです」花喃は再び頷いた。「神籠村では、『かごめ』は妊婦のことだと言われています。『籠の中の鳥』は、神の子の暗示のようです」

「確かに、鳥は神の使いとして扱われることも多いものね」と綺翠。「問題はその先だと思うけど……『ひととせいっし』は、『一年一子』のことかしら？」

「まさしく」花喃は答えた。「『しのおきて』は『死の掟』。一年に一人の犠牲ですむことを示しています。『たがえばしょうきがふきだす』――これは、ミズチ様との契約を破ると、ミズチ様が住まう社から漆黒の瘴気《しょうき》が溢《あふ》れ出して、村に災いをもたらすという伝承を示しています」

瘴気——人に害を為《な》す空気のようなものだ。ただでさえ毎年一人の犠牲者を出しているというのに、さらにその約束を破ると村全体に害を為すというのは穏やかでない。

「『あなのそこから～』という最後の一節の意味はわかりません。少々不気味ではあるのですが……今のところ特に実害もないため、もしかしたら意味などないのかもしれません」

　とにかく——と花喃は話を結ぶ。

「私たちの神籠村は、そのような因習によって縛られているのです」

　神に守られているから〈神籠村〉というのではなく、神の子を身籠《みご》もるから〈神籠村〉なのか——と今さらながらに納得する。

　しかし……。

「きみの村の内情は理解したけど、それできみは僕にどうしてほしいんだい？　みだりに村のことを吹聴《ふいちょう》してはいけない、という村の掟まで破って……」

　すると花喃は肩を震わせてから頭を上げ、不安げな瞳で空洞淵を見た。

「……空洞淵先生が、夏に極楽街で大流行した吸血鬼騒動を、人の身でありながら収めたというのは、本当なのでしょうか？」

「——」

　何と答えるのが正しいか、空洞淵は迷う。確かに一側面から見れば、それは紛れもない事実だろう。しかし、実際には多くの人の手を借りて、何とか現象を抑えつけたに過ぎない。世間的には、空洞淵のおかげであると過大評価されてしまっているが、彼自身は自分の手柄とはまるで考えていないのである。

「本当よ」

「事実でございます」

　綺翠と金糸雀がほぼ同時に肯定した。妙な沈黙の後、一度咳払《せきばら》いをしてから、綺翠が続けた。

「あなたの村まで噂が広まっていたのは意外だったけど、紛れもない事実よ。空洞淵くんがいなければ、これほど早く騒動は解決しなかったでしょう」

「なら……！」

　花喃は空洞淵に縋《すが》りつく。

「どうか姉をお救いください……！」

「お姉さん……？」空洞淵は首を傾げた。

「はい……実は私の姉が、今年の花嫁に選ばれてしまったんです……！　空洞淵先生には、是非とも姉を助けていただきたく——」

「——それは」

　不意に、綺翠が剣呑《けんのん》な声を発した。

「少々虫がよすぎるのではないかしら？」

　これまで花喃を思いやり比較的優しい声色で話しかけていたこともあり、急な落差に花喃は怯《おび》えたように震える。

　綺翠は花喃を見やり、責め立てるではないものの、どこか厳しさをはらんだ口調で告げる。

「あなたの村は、これまでずっと、花嫁に選ばれた女性を見捨てることで繁栄を続けてきたのでしょう。それなのに、いざ自分の身内が選ばれたら、掟も破って外の人間に助けを求めるの？　あなたの家は顔役なのでしょう？　ならば、村の代表者として、責任をもってこの事実を受け入れ、お姉さんを送り出しなさい。それがこれまで見捨てられてきた花嫁と、村を守ってくださる神様への礼儀よ」

　巫女として生まれ、人よりも神に近しい存在である綺翠としては、身勝手な人間の理屈で神を蔑《ないがし》ろにされることが許せないのかもしれない。

　至極もっともな指摘に、花喃は顔を歪《ゆが》ませる。

「で……でも……神屋敷の一族は、本来花嫁には選ばれないはずで……」

「なら、これまで自分たちだけが、神の子を身籠もるという理から外れて、安穏と暮らしていたのね。いい機会じゃないの。自分たちも村の一員であることを再認識できて。それともなあに？　これまで散々他人の犠牲の上に成り立つ繁栄を謳歌《おうか》しておきながら、いざ自分の番になったら尻込《しりご》みするの？」

「綺翠……言い過ぎだよ」

さすがに空洞淵は割って入る。うら若い少女へ投げ掛ける言葉としては、少々厳しすぎるものがある。

「確かに綺翠の言うことも一理あるけど、それは大人の理屈だ。いくら顔役の家の子だからって、この子にすべての義務と責任を押しつけるべきじゃない」

綺翠は珍しく感情を滲《にじ》ませて不満そうに空洞淵を見やったが、すぐに気まずそうに視線を外した。

「……そうね、ごめんなさい。少し厳しく言い過ぎたわ」

「……いえ。巫女様の、おっしゃるとおりです」ほとんど涙声で花喃は呟く。「私は……お姉様が花嫁に選ばれてしまって……どうすればいいかわからなくなって……。それで、深く考えずに、空洞淵先生なら何とかしてくれるかもしれないと思って村を飛び出して来ました……。でも、村のことを考えたら、こんなこと、するべきではありませんでした……。もし、余計なことをしてミズチ様の怒りに触れたら、村は……」

そのまま花喃は肩を震わせてまた俯《うつむ》いてしまう。

何とも言えない沈黙の中、空洞淵は考える。

この〈幽世〉に来て、倫理観が相対的なものでしかないことを、彼は学んだ。

倫理も、正義も、道徳も。

誰の立場から語るかによって、如何様にでも変化する。

もしかしたら初めからこの世に絶対的なものなど何一つなく、すべては限りなく曖昧な、泡のようなものなのかもしれないとも思う。

それでも。

そんな中でも空洞淵は、可能な限り信念を貫いていきたいと思う。

せめて自分の目の届く範囲では、誰かに悲しんでほしくなかったから——。

「……何とか、そのミズチ様との契約を穏便に破棄させることはできないかな」

「ちょっと空洞淵くん……！」

空洞淵の無意識の呟きに、綺翠は驚いた顔をする。

「あまり余所の事情に軽はずみに首を突っ込まないほうがいいわよ。この〈幽世〉だと、どんな厄介なことに巻き込まれるかもわからないんだし……」

「でも、だからといって放ってはおけないだろう。もしかしたら、また裏で月詠が関わってるかもしれない」

ちらと金糸雀を窺うと、彼女も色彩豊かな袖《そで》で口元を隠しながら難しい表情を浮かべている。

「……確かに、単なる神との契約にしては、どこか作為的な印象も受けます。あるいは愚妹が暗躍している可能性も否定できないでしょう。しかし、主さま。〈幽世〉において、〈神〉は現世《うつしょ》とは異なり、実在する概念です。そして〈神〉の力は、それが集める信仰心によって増大していきます。村に害を為すあらゆる事象を拒絶するほどの力……いったいどれほど強力なものか想像もつきません。その拒絶が主さま自身に向かい、御身を危険に晒《さら》す可能性もあります。わたくしも、主さまがこの一件に関わることには反対でございます」

「でも……」

言い訳がましく食い下がろうとしたところで、金糸雀は音もなく空洞淵のすぐ目の前まで移動し、彼の唇に細い指を当てた。

「でも——主さまは、放っておけないのでございますよね。主さまがそのようなお優しい方であることくらい、わたくしはとうに存じ上げております」

にっこりと金色の賢者は微笑んだ。

「どうぞ主さまの心のままにお決めください。わたくしは、主さまの最終的な決定に異を唱えるつもりはございません」

「ちょっと金糸雀、あなたまで何を無責任な——」

途端慌てる綺翠。金糸雀は彼女を諭すように語りかけた。

「綺翠。あなたも主さまの優しさに救われた一人でしょう？　主さまが斯様《かよう》にお節介な方でなかったら、おそらく今ごろ街は大惨事になっていたのではありませんか？」

「それは……そうだけど……」

気まずそうにまた視線を逸らす。おそらく金糸雀は、吸血鬼騒動で空洞淵がとった行動について指摘しているのだろう。彼がお節介にも首を突っ込んだがために、騒動は早期解決を迎えた。それは紛れもない事実だ。しかし、綺翠はどこか煮え切らない。

「でも、御巫の巫女の務めは――」

「主さまの身に危険が及ぶのであれば、あなたが剣となり盾となり、主さまをお守りすればよいだけの話でしょう？　わたくしも、できうる限り協力は惜しみません」

困ったように、綺翠は金糸雀と空洞淵を交互に見るが、やがて何かを諦《あきら》めたように深いため息を吐き、花喃を見やる。

「……わかったわよ。結末がどうなるかはわからないけど、少なくとも空洞淵くんの身に危険が及ばない程度には私も協力するわ。ただし、人の身にはできることとできないことがあるのだから、あまり空洞淵くんに期待しすぎないように。いいわね？」

「あ……あの、それはつまり、どういう……？」

状況がわからないのか、花喃はぽかんとしている。

「だから、とりあえずあなたの依頼を聞いてあげるってこと。家族を大切に思うあなたの気持ちは、私だって尊重してあげたいのだから……そんな悲しそうな顔をしないで」

気遣うような、優しい声色で綺翠は結び、少女の頭をそっと撫でた。綺翠だって決して意地悪をしたくて厳しいことを言っていたわけではない。ただ大人として、言っておかなければならないことを淡々と告げただけなのだ。

花喃は潤んだ双眸を驚いたように丸くしてから、ありがとうございます、と声を振り絞った。

しかし、花喃の依頼を受けるとしても一つ大きな問題がある。

「まあ、一介の薬師でしかない僕に何ができるともわからないけど、とりあえずはその神籠村に足を運んでみないと何も始まらないと思うんだ。でも、街から村までは何日も掛かるんだろう？　僕なんかで本当に辿り着けるかな？」

「そのことなら問題ありません！」花喃は胸の前で両手を握りしめる。「私は歩幅も小さく、途中で迷ってしまったりもしたので必要以上に時間が掛かってしまいましたが、大人の足なら、二日もあれば辿り着けるはずです！　私も頑張って速く歩きますので！」

空洞淵は頭の中で軽く計算する。この世界の大人の足で二日ということは——。

「ということは、空洞淵くんなら三日は見積もったほうがよさそうね。これは……長旅になりそうだわ」

綺翠が、どこか疲れた口調でそう言った。

第二章

歓待

I

綺翠《きすい》の見積もりどおり、極楽街《ごくらくがい》を出てからすでに三日が経過していた。

空洞淵《うろぶち》の体力の都合もあったが、一番は少し遠回りにはなるが安全な道のりを選んで進んだためだ。おかげで、夜は野宿だったものの、雨に降られることもなく空洞淵、綺翠、そして花喃《かなん》の三人は無事に歩みを進めていた。

「——さすがにここまで街から離れると、空気が澄んでいるわね」

綺翠は菅笠《すげがさ》の下から青空を見やり、心地よさそうに大きく深呼吸をした。彼女はいつもの巫女《みこ》装束ではなく、小袖《こそで》に浴衣《ゆかた》を羽織った身軽な装《よそお》いだ。腰にはいつもの白鞘《しろざや》小太刀を帯びている。長旅だというのに、彼女はケロリとしていた。さすがは、破鬼《はき》の巫女と恐れ敬われている逸材。体力まで規格外のようだ。

対する空洞淵は、慣れない長距離移動と野宿で疲労困憊《こんぱい》だった。小袖は普段よりも動きやすいものであったが、体力温存にはそれほど大きく寄与していない。ついでに女性二名との旅路ということもあり、色々と気を遣い精神的にも疲れ果てていた。

「空洞淵先生はその……あまり体力がお有りではないのですね」

花喃は控えめな表現で、困惑を表す。彼女のほうが、よほど体力がある。

「空洞淵くんはお勉強のしすぎで、身体《からだ》を動かすことがあまり得意ではないのよ」

綺翠が助け船を出してくれた。何か不都合があってはいけないので、空洞淵が別の世界の住人であることは伏せているのだ。

「……面目ない」

息も絶え絶えに、空洞淵は呟《つぶや》いた。

一応極楽街からは、街道のような踏みならされた道らしきものが出てはいたが、途中で獣道のような脇道《わきみち》に逸《そ》れてからは、ひたすら荒れた道を進むことになり、空洞淵はすっかり辟易《へきえき》してしまっていた。こんなことならば、学生時代に勧誘を受けたワンダーフォーゲル部に入部しておけばよかった、などと生産性のない後悔に襲われる始末だ。

ちなみに金糸雀《カナリヤ》は、極楽街から離れられないため紅葉《もみじ》とともに街に残り、また穂澄《ほずみ》もいざというとき守れないかもしれないから、という理由で留守番となった。穂澄は大層不服そうにへそを曲げてしまったが、すぐに機嫌を直して空洞淵たちのために保存食をたくさん用意してくれた。行きがけには、くれぐれも無理だけはしないでね、と涙目になっていたので、相変わらずいい子だなあ、と空洞淵は感心した。

「もうすぐ村に着きますよ」

不意に花喃が声を弾ませた。およそ一週間ぶりの帰郷ということもあり、嬉《うれ》しいのだろう。ようやく終着点が見えてきたためか、空洞淵も僅《わず》かに気力を回復させた。

「でも、本当に余所者《よそもの》の私たちが行っても大丈夫なものなの？」少し心配そうに綺翠が尋ねた。「随分閉鎖的な村みたいだけど」

「大丈夫だと思います。旅人には親切にするように、というのもまたミズチ様との契約の一つですから。ただし旅の人にももちろん、村のことはみだりに吹聴《ふいちょう》しないように言い含めますが」

山奥の豊かな村に迷い込んだ旅人が歓待される——それもまた、伝承に残されている〈隠れ里〉のとおりだ。ただ、神籠《かみごも》村のミズチ様の属性から考えると、少し奇妙な感じもする。突然村に現れた旅人など、本来は外敵でしかないはずだが……。

どうにも、ミズチ様の狙《ねら》いがよくわからない。神様の気まぐれと言ってしまえばそれまでなのかもしれないけれども。

「でも、巫女様も先生も有名人ですから、下手に正体を明かしてしまっては、村人を不安にさせてしまう恐れがあります。……ですので、本当に申し訳ないのですが、どうかしばらくは正体を隠していただけると嬉しいです」

「なるほど……あくまでも普通の旅人を装うわけね」意味深に綺翠は頷《うなず》いた。「だったら、私たちは旅の夫婦ということにしましょう。それならばより自然でしょう？」

確かに何の関係もない若い女と男が、連れ立って旅をしているというのは不自然かもしれない。理屈の上では騒ぎを回避するための合理的な判断であることが理解できるのだが、それでも綺翠と夫婦の振りをするというのは、謎《なぞ》の緊張感がある。

空洞淵にとって綺翠という女性は、あくまでも居候《いそうろう》をさせてもらっている家の家主であり、仕事上のパートナーではあるが、それ以上の感情は抱いていない……はずだ。

「そして私は、山の中で迷っていたところをお二人に助けていただいたということにしますので……」

「委細承知したわ。大丈夫よね、空洞淵くん？　いえ、あなた？」

妙に乗り気な綺翠は、空洞淵の腕に抱きついてきた。どうすることもできず、空洞淵はただされるがままに現状を受け入れる。

それからしばらく草木を分け入りながら山道を進んだ。山には至るところに柊《ひいらぎ》が自生しており、肌を切らずに歩くのが大変だった。まるで外から来る人を拒んでいるようでもある。

確か柊には魔除《まよ》けの効果があるのだったか。節分では、鬼が家に入って来ないように、門口に柊鰯《ひいらぎいわし》と呼ばれる柊の小枝に焼いた鰯の頭を刺したものを飾る風習があった気がする。さしずめ今の自分たちは、村へ侵入しようとする鬼なのかもしれない、と空洞淵は自虐《じぎゃく》的に笑う。

そして、いよいよ仙人が現れても不思議ではない原生林に足を踏み入れたところで――不意に視界が開けた。

山間《やまあい》に広がる一面黄金の土地。

刹那《せつな》眩惑《げんわく》されるが、改めて見るとそれは黄金にも等しい稲穂であることがわかった。

たわわに実り、重く頭《こうべ》を垂れる黄金色の稲穂が、見渡す限り一面に広がっている。

一陣の風が通りすぎた。無数の稲穂がさわさわと潮騒にも似た恵みの響きを奏《かな》でる。

「これは……壮観ね」

珍しく、綺翠が驚いたように感嘆の声を漏らす。空洞淵もこれほどまでに豊かに実った田んぼを見たのは初めてだった。近代の科学に準じた最先端の農法を用いたとしても、これほどのものはそうお目に掛かれないはずだ。

どこからともなく小川のせせらぎと、それに呼応するようにパタンパタン、という水車らしき音が響く。いつか見た原風景にも似た、のどかな雰囲気が漂っている。

深山幽谷の秘境――まさにそう呼ぶに相応《ふさわ》しい、理想郷がそこにはあった。

呆気《あっけ》にとられる二人を見上げて、花喃はどこか誇らしげに言った。

「ここが私たちの村――神籠村です」

三人は、あぜ道を縫うように歩みを進める。村には、内と外を隔てる柵《さく》のようなものは存在しないようだった。本来は、動物や外の人などが不用意に足を踏み入れることのないよう、それらを拒むための設備があってしかるべきだったが、この村にはそれがない。つまり、境界が存在しないということだ。

あまりにも危うく感じてしまうが……ミズチ様の加護があるこの村には、そのような無粋なものなど不要ということなのだろうか。

何とも落ち着かない心持ちで、歩みを進めていると、田んぼの中で作業をしていたらしい女性の一人が、空洞淵たちに気づいた。

「花喃様だわ！」

歓喜の声を上げる女性。すると次々と稲穂の中から、作業中の女性が顔を覗《のぞ》かせた。

「花喃様！」

「ご無事だったのね！　よかった！」

「早く村長《むらおさ》にも知らせないと――」

駆け出そうとする女性を、花喃は慌《あわ》てて制する。

「お待ちを。すぐに帰って私の口から無事を知らせますので、どうか皆さんは作業を続けてください。稲刈りまで間もない忙しい時期に、ご心配をお掛けしました。でも、このとおり無事ですので、ご安心を。今年も美味《おい》しいお米を楽しみにしていますね」

十代前半とは思えない落ち着いた様子で花喃は作業者たちに語りかけた。その様子はまさに村の顔役としての風格があり、立派なものだと空洞淵は感心した。

作業の邪魔をしないよう足早に歩みを進める空洞淵たちだったが、ちらちらと方々から好奇の視線に晒《さら》され、いささか居心地が悪い。おそらく村に客人が来ることも珍しいのだろう。

あぜ道を抜けたところで、綺翠が尋ねる。

「随分慕われているのね」

「小さな村ですから、全員顔見知りなのですよ」花喃は苦笑した。「それに一応私、村長の娘ですし」

「田んぼにいたのは全員女の人みたいだったけど」空洞淵も気になったことを尋ねる。「男の人はどうしたんだい？」

「神籠村では、稲作は女の仕事なのです。男衆は、山に籠《こ》もって石灰石を掘っています。稲作と力仕事で、分業しているのです。これも、ミズチ様との契約の一つです。どうやらミズチ様は、男が穢《けが》れを運ぶと考えておられるようで、神聖な稲作に男性が関わることを厭《いと》うのです。何でも水が穢れるとか……。そのために、男衆は田んぼどころか、川の流水に触れることも許されません」

「それは……なかなか厳しい掟《おきて》だね」

村の人間ではないものの、男という括《くく》りに入る空洞淵は注意したほうがよいだろう。

自分の迂闊《うかつ》な行動で、神様の怒りなど買いたくはない。

気をひきしめ、空洞淵は歩みを進める。田んぼを抜けた先には、茅葺《かやぶ》き屋根の家屋が点々と広がっていた。どの家も一様に大きく、極楽街では名士として知られる綺翠の家と比較しても遜色《そんしょく》がないほどだ。この村が富んでいるという花喃の話は事実らしい。

本当に伝承に登場する隠れ里のようだ——と思っていたところで、一際《ひときわ》大きな平屋の家屋が見えてきた。金糸雀の住む大鵠庵《だいこくあん》ほどではないが、十分すぎるほど立派なお屋敷だ。

「あそこがうちです。長旅にお付き合いくださいまして、本当にありがとうございます」

丁寧に頭を下げてから、花喃は心なしか足早に歩みを進めた。気持ちが逸《はや》っているようだ。久しぶりの実家を目にして、姉の身を案じたのかもしれない。

そもそも花喃は、姉のために村の掟を破り、遠く極楽街に住む空洞淵を尋ねてきたのだ。それも噂《うわさ》程度しか耳にしていなかったというのに、女性一人で旅をするという危険さえ顧みず。

それほどまでに姉のことを想《おも》っているのだ。今の彼女の心境は如何《いか》なるものか。

できることならば、力になってやりたいと思うが……病理的、あるいは漢方的な解釈ができそうもないこの問題に対し、どのように迫っていけばよいのか未《いま》だまともな考えは浮かんでいない。

　さすがに村長の住居ということもあり、家の周囲は大人の背丈ほどの塀で囲まれ、正面には立派な門扉《もんぴ》が見えた。所謂《いわゆる》、数寄屋門と呼ばれる天然色の木材と瓦《かわら》を組み合わせた、質素ながらも瀟洒《しょうしゃ》な造形だ。極楽街でも有力なお屋敷は大抵この方式で作られている。一見すると華美ではないが、落ち着いた雰囲気が特徴的だ。

　門扉の前に立っていた中年の男性が、いち早く空洞淵たちの接近に気づき、駆け寄ってくる。

「お嬢！　よくぞご無事で！」

　顔を歓喜に染め、男は目《め》尻《じり》に皺《しわ》を作る。その年季の入った浅黒い目元には、じわりと涙が浮かんだ。花喃は申し訳なさそうに頭を下げた。

「ただ今戻りました。心配を掛けましたね、権次《ごんじ》」

「ええもう、それは心配しましたとも！」権次、と呼ばれた男性は、掌《てのひら》で涙を拭《ぬぐ》う。

「オラァ、もう夜も眠れなくて……。でも、こうして無事で戻ってきてくださったんだ！　これもミズチ様のおかげでさぁ！」

　そこで一度鼻を啜《すす》ってから、権次は空洞淵たちを改めて見やる。

「それで……こちらの方々は？」

「山の中で迷っていたところ、偶然通りかかり助けてくださった旅のご夫婦です。命の恩人なので、是非ともお礼をと思い、村までお連れしました」

　事前に取り決めてあった花喃の説明に、権次は目を輝かせた。

「それはそれは！　何と感謝をすればよいやら……！　本当にありがとうございやす……！」

「いえ、当然のことをしたまでです」澄まし顔で綺翠は答えた。「無事に花喃さんをご実家までお連れすることができてホッとしております」

「何とできたお方か……！　とにかく旦那《だんな》様にもお知らせしないと！　長旅でお疲れでしょうが、まずはご挨拶《あいさつ》を……！」

「心得ています。お父様は、居られますか？」

「もちろんです。今日も仏間で暗い顔をされてますよ。お嬢がいなくなってからずっとでさぁ。お嬢は、座敷のほうへお客人をご案内してくだせえ。オイラは旦那様に声を掛けて来ますんで！」

　返事も待たずに権次は駆け出していった。些《いささ》か慌ただしいが、それだけ花喃のことを心配していたのだろう。花喃は照れたような申し訳ないような複雑な顔で空洞淵たちを見上げた。

「すみません。権次は古参の使用人でして、私のことをとても大切にしてくれているのですが、少々落ち着きがないのが欠点でして……」それからすぐに気を取り直したように表情を明るくする。「とにかくこんなところで長々と失礼いたしました。さあ、どうぞお上がりください！　自分の家だと思って、のんびりしてくださいね」

　豪邸すぎてとても自分の家とは思えない空洞淵だったが、綺翠は気にした様子もなく、「お邪魔するわね」と框《かまち》を上っていく。置いていかれないよう、空洞淵もその後を続く。

　長い廊下を進み案内されたのは、二十畳はあろうかという大層立派な座敷だった。新品の畳が敷かれ、床の間には、満月の描かれた掛け軸と、すすきの生けられた花瓶、そして緋色《ひいろ》の酒器が飾られていた。縁側に面しているためか、室内は非常に明るい。開け放たれた障子の向こうには、几帳面に整えられた庭が覗いている。紅を差したように赤く色づき始めたカエデに、日の光を眩《まぶ》しく反射する黄葉したイチョウ。点在する苔《こけ》むした岩もいいアクセントになっている。本格的な実りの季節と、どこか物悲しい冬の足音を予感させる、それはそれは見事な庭園が広がっていた。

　決して華美ではないが、趣のある自然な様相に、空洞淵は知らずのうちに、ほう、とため息を零《こぼ》した。この素晴らしい庭園を眺められただけでも、苦労して山奥まで来た甲《か》斐《い》があるとさえ思う。隣では綺翠が、「大したものね」と同じように嘆声を漏らしていた。

　花喃に勧められて、やたら分厚い座布団《ざぶとん》に腰を下ろしてからも、妙に落ち着かない心持ちで、空洞淵はしきりに周囲を眺める。それから間もなく、廊下のほうから激しく床を踏みならす音が響き、中年の男性が飛び込んできた。

「花喃っ！　無事かっ！」

　空洞淵たちには目もくれずに、男性は花喃の小柄な身体を抱き締めた。予想外の抱擁だったのか、花喃は戸惑いながらそれを受け入れる。

「お……お父様……。ご心配をお掛けしてしまい、申し訳ありませんでした……」

　どうやら男性は、彼女の父親らしい。ということは、この男性が村長か。濃紺の小袖を身に着けているが、生地の質感が空洞淵のそれとはまるで違って見える。おそらく紬《つむぎ》と呼ばれる絹織物だろう。さすがはよい着物を着ている、と空洞淵は感心する。

　男性は、感情を抑えつけるように声を震わせた。

「おまえまで私の元を離れていってしまったらどうしようと……！　どうして何も言わずに突然村を出たんだ……！」

「婚儀のため、お姉様が大好きだったお花を摘んでこようと思ったのですが……山中で迷ってしまって……」

　事前に決めてあった言い訳は、すんなりと受け入れられたらしい。鼻を啜りながら男性は、そうか、と感慨深そうに頷いた。

「とにかく無事に帰ってきてくれて嬉しいぞ……！」

「お父様……まずは事情を説明させてください。お客様も困っておられます」

　そこでようやく空洞淵たちにも気づいたように、男性は娘の抱擁を解く。

「これはお恥ずかしいところをお見せしました……！」

　姿勢を正し、男性は、畳に膝《ひざ》を突くと深々と頭を下げた。

「この度は不肖の娘をお助けくださいまして真《まこと》に、真にありがとうございます……！　何とお礼を申し上げればよいやら……！」

「ご主人、どうかお気になさらず」綺翠が営業用の笑みを浮かべて告げた。「人として当然のことをしたまでです。お礼などと言われてしまっては、かえって決まりが悪うございます」

　すると男性は尊崇の視線を空洞淵たちへ向けた。

「何と高潔な……！　奥方様は、その若さにして御仏《みほとけ》の心をお持ちでいらっしゃるというのですか……！」

「御仏などと畏《おそ》れ多い。私たちはただ、己の信念に基づいて行動しただけですよ。ねえ、あなた？」

　綺翠はどこか色っぽい流し目を向けてくる。空洞淵は一瞬言葉に詰まるが、何とか怪しまれないよう話を合わせる。

「……旅の途中で、花喃さんと出会いまして。このような愛らしいお嬢さんを山中に放っておくことなどできませんから、こちらまでお連れしただけのこと。我々が勝手にやったことですので、お気遣いには及びません」

途端、男性の目元から、ツゥ、と一筋の涙が零れ落ちた。そのまま男性は、どこからともなく取り出した数珠《じゅず》を手に拝み始める。以前、〈幽世《かくりよ》〉に来たばかりの頃にも、同じように拝まれたことのある空洞淵はやや辟易する。

「と、とにかく、無事にお嬢さんをお連れすることができて胸をなで下ろしております。それで、厚かましいようで申し訳ないのですが、しばらくこちらに逗留《とうりゅう》させてはいただけないでしょうか。なにぶん長旅でへとへとでして……」

「それはもう！　どうかご自分の家と思って、好きなだけ滞在していってください！」

男性は嬉しそうに手を叩《たた》いた。「それにここは〈幽世〉有数の米所。美味《うま》い酒をご用意しましょう！」

美味い酒、という言葉に反応して、綺翠の手がピクリと動いた。彼女は無類の酒好きなのである。

「申し遅れましたが、私はこの神籠村の顔役——村長のような役割を代々与えられている、神屋敷《かみやしき》五兵衛《ごへえ》と申します。滞在の間、何かお困りのことがございましたら、何なりとお申し付けください。最高のおもてなしを、ご提供させていただきましょう」

そう言って男——神屋敷は、僅かに首を傾《かし》げて問うてきた。

「よろしければ、お名前を伺っても？」

「あっ、えっと、僕は……」

　失念していた。自分たちは身分を偽って今ここにいるのだった。ならばうっかり本名を名乗るわけにもいかない。何と答えたものかと、一瞬躊躇《ちゆうちよ》したところで、

「――朱雀院《すざくいん》、悟《さとる》と申します」

　隣の綺翠が空洞淵に代わって答えた。

「主人は、学び舎《や》で子どもたちに算術などを教えています。よろしければ、気軽に『先生』とお呼びください。私は……まあ、『奥さん』とでも呼んでいただければ」

　いつもの営業用の穏やかな笑みを浮かべたまま、まったくのデタラメを宣《のたま》う。朱雀院悟というのは、おそらく知り合いの祓《はら》い屋二名の名前を融合させたもの。何か問題が発生しても、彼らにすべてを押しつけることができるという算段なのだろう。空洞淵は知人二名の顔を思い浮かべ、心の中で謝っておく。

　神屋敷はますます嬉しそうに、

「なんと！　先生でおられましたか！　もしよろしければ、花喃や村の子どもたちにも、少し算術の手ほどきをしてはいただけませんか！　なかなか学問に触れる機会がないものでして……もちろん、その分のお代はお支払いいたしますので！」

　この世界の算術がどの程度のものなのか空洞淵にはわからないが、大学で少し統計をかじったくらいで彼の数学知識はせいぜい受験数学レベルだ。つまり専門家ではないの

で、基本的なことしか教えられないだろうが……子どもたちに学びの場を与えることは重要だ。

「僕などでよろしければ、喜んで」空洞淵は微笑《ほほえ》んで答えた。「それにお代なども結構です。泊めていただくのですから、そのくらいの恩返しはしなければバチが当たります」

「おお……聖人君子とはまさにあなた様のために存在する言葉でしたか……。何という、清廉《せいれん》なお心掛けでございましょう……！」

「……そんな大層なものではありません」

よくない誤解をされているようだった。あまり突っ込まれても拙《まず》いと思ったのか、花喃が助け船を出してくれる。

「そ、それよりお父様。お姉様のご様子は如何《いかが》ですか……？」

「——紗那《さな》か」途端、神屋敷は表情を暗くする。「……相変わらずだよ。この一週間で腹はますます大きくなり、やつれるばかりだ……。ミズチ様との契約とはいえ……親としてはつらいばかりだ……。どうしてこんなことに……」

村長は肩を落とすが、それでも娘に穏やかに語り掛けた。

それから神屋敷は力なく微笑んだ。

「それに、おまえが姿を消してから、ずっと気落ちしている。すぐにでも顔を見せてやりなさい」

「わかりました、すぐに参ります。先生方も紹介したいですし」

居ても立ってもいられない、というように花喃は立ち上がった。空洞淵たちもそれに続く。ようやくこの村へ来た目的に近づけそうだ。すでに疲労の極致にいたが、空洞淵は気合いを入れ直す。

「それでは先生方、お部屋はすぐにご用意いたしますので、それまで娘と一緒にいてやってください。紗那も、きっと喜ぶと思います」

死にゆく運命を背負い、神の花嫁になる娘を持ってしまった父親は、複雑な表情を浮かべてお辞儀をした後、座敷を出て行った。

2

花喃の姉、紗那は、今は離れで暮らしているらしい。ミズチ様の花嫁となった時点で、それまで暮らしていた家族とは距離を置く仕来りなのだとか。つくづく残酷だ、と空洞淵は苦々しく思う。

整えられた中庭を眺めながら、渡り廊下を進んでいく。突き当たりが離れのようだ。

花喃は、戸の前で声を掛ける。

「お姉様、花喃です。ただ今戻りました」

返事はない。花喃はゆっくりと戸を開く。

座敷の大きさは、伽藍堂《がらんどう》と同じくらいか。母屋《おもや》と比較してしまうと小さくも思えてしまうが、人一人が生活するのであれば十分すぎるほどの広さがある。雨戸が閉められているためか、日中にもかかわらず室内は薄暗い。

行灯《あんどん》の仄明《ほのあ》かりに照らされた中央に、布団が一組敷かれているのが見える。歩み寄る花喃。空洞淵たちもそれに続く。

布団の上には、年若い女性が眠っていた。掛け布団の上からでも腹部の膨らみが確認できる。この女性が、問題の花嫁なのだろう。

「……お姉様、ただ今戻りました」

枕元《まくらもと》に膝を突いて座り、花喃は再び声を掛ける。苦悶《くもん》の表情を浮かべて目を閉じていた女性――紗那は、ゆっくりと双眸《そうぼう》を開いた。

「……花喃。ああ、花喃……よくぞ無事で……」

かさついた唇を震わせて、紗那は上体を起こそうとする。

「お姉様、どうかそのままで」介助するように花喃は再び姉を横たわらせる。「ご心配をお掛けしてしまい、申し訳ありませんでした。私、居ても立ってもいられなくなって……」

「いいのよ……あなたがこうして元気でいてくれただけで、私は嬉しいわ」

力なく微笑む紗那。目は落ちくぼみ、頬は痩《こ》けている。食欲がないのか、栄養状態はかなり悪そうだ。そんな姉の姿を見て、花喃は今にも泣き出しそうに顔を歪《ゆが》ませる。

「……お姉様。お加減は、如何ですか……？」

「そう、ね……。正直に言うと、かなりつらいわ……。おなかも大きくなるばかりだし……。でも、それが神籠村に生まれた女の務めですもの……。私は、この運命をしっかりと全《まっと》うしてみせるわ……」

それからようやく背後の空洞淵たちに気づいたように、紗那は目を僅かに見開く。

「そちらの方は……？」

花喃は、目《め》尻《じり》に浮かんだ涙を無造作に袖で拭ってから、覚悟を決めたように気丈に答えた。

「——お姉様。花喃の勝手をどうかお許しください。このお二人は、先の極楽街での騒動を収めた、空洞淵先生と御巫《みかなぎ》様です。私のわがままで無理を言って、こちらへお連れしました」

「な、何のために……？」

「お姉様を救うためです」

きっぱりと断言した妹の言葉に、紗那は動揺を見せる。

「救って……あなた何を……？」

「ミズチ様と村の契約を破棄してでも、お姉様を……」

「──っ！　駄目よ！　それだけはいけないわ！」

途端、弱っているにもかかわらず、紗那は身体を起こして必死の形相で妹に縋《すが》りついた。

「私一人が犠牲になれば、村は向こう一年の安寧を約束されるのよ！　それなのに、余計なことをして、ミズチ様の怒りに触れてしまったら……！」

「でも、このままではお姉様は……！」

「──花喃さん、少し落ち着こうか」

興奮する二人に、空洞淵は割って入った。このままでは紗那の身体に障《さわ》ると判断したためだ。

「えっと、初めまして、紗那さん。僕は極楽街で薬師《くすし》をしている空洞淵霧瑚《きりこ》と言います。花喃さんからの依頼でここまでやって来ました。よろしくお願いします」

律儀《りちぎ》に頭を下げてから、空洞淵は紗那を見つめて続ける。

「あくまでもこれは僕の個人的な意見ですが、僕もミズチ様と村との契約は不当であると感じます。何かを達成するために誰かを犠牲にするというのは、本来あってはならないことです。可能であれば、この契約を改めたいと考えているのですが、如何でしょう？」

　紗那は渋面で答えた。

「……しかし、空洞淵先生。村が栄えているのは、ミズチ様との契約のおかげです。去年も、この山一帯は酷《ひど》い長雨に見舞われましたが、不思議と村の周囲だけは雨が避けて、例年どおりの収穫量を確保することができました。お山の向こうでは、酷い水害が起こったようなのに……。これもすべてミズチ様のおかげです。そのミズチ様との契約を違《たが》えるなど……大変畏れ多いことです」

　紗那は自身の運命を受け入れている。それが諦観《ていかん》によるものなのか、それとも村の一員としての責任感によるものなのかは、空洞淵には判断できないが、少なくとも今の伝統を変えるつもりはないようだ。一見、控えめで大人しそうな印象の少女なのに、強い意志のようなものを感じる。

　だが空洞淵とて、そうですか、と引き下がるわけにもいかない。仕方なく、搦《から》め手に出る。

「正直に言うと、僕は村の人が納得しているのであれば、現状のままでも問題はないと考えています。もちろん薬師としては、犠牲になる方に手を差し伸べたいとは思っていますが……まあ、それはただのお節介です。しかし、紗那さん。本当にまったく、何も気にならないのですか？」

「それ、は……」

　不意を突かれたというふうに少女は口ごもった。紗那自身、何故《なぜ》自分が選ばれたのか、疑問に思っていないわけではなさそうだ。

「神屋敷の女性は今まで、花嫁には選ばれなかったのですよね？　それなのにどうして今年紗那さんが選ばれたのか……もしかしたら、知らないうちにミズチ様との契約に何らかの変化があったのかもしれません。もちろん、村の守り神であるミズチ様のおっしゃることは絶対だ、としてすべてを受け入れるのもよいでしょう。しかし、仮に契約の変化があったのだとしたら、来年もまたこれまでと傾向の異なる花嫁が選ばれる可能性があります。たとえば――若年層の子どもなどですね。その場合、果たしてその子やその親は、紗那さんのように運命を受け入れることができるのでしょうか？」

　空洞淵の言葉に、紗那の顔が歪む。あくまでも現時点ではただの可能性の話だが、それでも今年何らかの例外的なことが起こったのだとしたら、来年もまた例外的なことが起こらないとは言い切れない。そしてそうなった場合、一番割を食うのはもちろん、来年例外的に選ばれてしまった花嫁だ。その悲劇を防ぐためには、現在のミズチ様との契約について詳しく調べるしかない。

「ですから、僕に少しだけ伝承のことを調べさせてください。もし調べた結果、何らかの契約の変化などが認められたのであれば、皆さんがそれを知ることで、ある程度の心構えはできるはずです。もちろん、その上で運命を受け入れるか否《いな》かは、今後の花嫁次第ですが」

紗那の瞳《ひとみ》に、迷いの色が窺《うかが》えたのを空洞淵は見逃さなかった。そしてそれは綺翠も同様のようで、補足するように口を挟む。

「――御巫神社で巫女をやっている御巫綺翠です。仕事柄、私は妖怪や怪異と接する機会が多いのですが、この村と神様との契約にはどこか奇妙な点が見られます。もしも神様との契約以外に、第三者による何らかの悪意が混在しているのだとしたら、私は巫女としてそれを正さなければなりません。どうかこの一件、私たちに調べさせてはいただけないでしょうか」

綺翠は真摯《しんし》な口調で尋ねた。不安と怯《おび》えが綯《な》い交《ま》ぜになったように視線を彷徨《さまよ》わせる紗那だったが、やがてまた力なく目を伏せる。

「……わかりました。村の今後のためにも、お願いいたします。しかし、どのような事実がわかったとしても、私は自らの考えを変えるつもりはありませんので……そこだけはご了承ください」

「お姉様！」

悲痛な声で花喃は叫ぶ。しかし、妹の必死の願いは届かず、紗那は口を噤《つぐ》んで首を振るばかりだった。

空洞淵たちが、村の伝承を調べることにそれほど乗り気ではないようだったが、今はこの程度で十分だ。ひとまず、今やれることを一つずつ、着実にこなしていこう。

「ちなみに、正式に紗那さんがミズチ様に嫁がれる日はいつになりますか？」

「収穫祭のあとの晴天吉日が婚礼祭なので……おそらくあと七日ほどかと」不安げに花喃は答える。

残された時間は一週間程度――。お世辞にも十分な余裕があるとは言いがたいが、これればかりはどうしようもない。

空洞淵は覚悟を決めて、この一件と向き合うことにする。

「それでは、まずは少し身体の状態を診せてください。本業は薬師なので、もしかしたら多少は今の苦痛を緩和できるかもしれません。たとえ、あなたがミズチ様の花嫁として犠牲になることを決めていたとしても、それまでの生を苦しむ必要はないのですから」

「神の子を孕《はら》んだ女なんて、治療できるのですか……？」

不安げに紗那は上目遣いを向けてくる。

「治療、というのは少し違います」

空洞淵は正直に答える。

「僕が扱う〈漢方〉は、体質などを含むその人が感じるあらゆる不調を〈証《しょう》〉として捉《とら》え、原因に因《よ》らず寛解させることを目的として発展した医療です。誤解を恐れずに言うのであれば、究極の対症療法とも表現できます」

漢方には即効性がないと思われがちだが、一概にそうとも言い切れない。特に古方《こほう》と呼ばれる二千年以上まえから存在している処方の大半は、むしろ概《おおむ》ね即効性が認められている。肩凝りに頻用される葛根湯《かっこんとう》や、足の攣《つ》りに頻用される芍薬甘草湯《しゃくやくかんぞうとう》などがそれだ。無論万人に効果があるわけではないが、それでも効く人は一服して数分で効果が現れるので、病院薬剤師をしていた頃はよく患者に驚かれたものだ。

ただ逆に言うのであれば、あくまでも対症療法でしかないので、がんなどに代表される人間の自然治癒力で快復できないものなどには効力がないというのが現実だ。

根気強く続けることで、体質改善などの根治に繋《つな》げられる場合も多くあるが……少なくとも今回の場合には当てはまらない。

「紗那さんの主訴は、神の子を妊娠している、という状態なのでしょうが、その状態をどうにかすることは、残念ながら僕にはできません。僕にできることは、あくまでも今、紗那さんが神の子を妊娠していることで感じている身体の不調を和らげることだけなのです。治療ではなく快復を目指す、と表現すればわかりやすいでしょうか」

あまり説明が得意ではない空洞淵は、言いたいことが伝わったかどうか不安になるが、紗那は真剣な眼差《まなざ》しで頷いた。

「……それでも構いません。死にゆく定めなのだとしても、それが少しでも楽になるのであれば、十分すぎるほどありがたいです」

「では、拝見するまえに、少し雨戸を開け放っても構いませんか？　ここは少し空気が淀《よど》んでいます。気が塞《ふさ》ぐ気持ちはわかりますが、日の光を浴びないと、身体はますます参ってしまいます」

「……わかりました。花喃、お願いしてもいい？」

　声を掛けられた妹は、慣れた手つきで、障子と雨戸を開け放った。日の光が差し、秋の涼やかな風が室内へ吹き込んできた。眩しそうに目を眇《すが》める紗那だったが、色づく庭園を眺めて、ああ、と感嘆を漏らす。

　病は気からという言葉もあるが、精神状態が身体に多大な影響を及ぼすことは、現代医学ではもはや常識になりつつある。薄暗い部屋でジッとしていては、治るものも治らないし、逆にちょっとした気分転換で症状が改善するなどということもままある。

　紗那の変化をよい兆候と捉え、空洞淵は早速診察を始める。

　明るいところで改めて見ると、血色の悪さが際立っていた。白目には黄疸《おうだん》の兆候も見られる。脈は全体的に弱いが尺中《しゃくちゅう》が特に弱い。確か妊娠の兆候だったはず。浴衣の上から腹診をしてみる。腹部はかなり大きい。人間で言うところの、妊娠十ヶ月くらいはあるだろう。ただ押してみるとやや軟弱で張りがなく、一般的な妊娠の状態とは異なることがわかる。胎動のようなものは感じられない。

「食欲はないですか？」

「……はい、あまり。その、常に気持ちが悪くて……」

悪阻《おそ》だろうか。妊娠中はホルモンバランスの乱れから、胃腸の働きが弱まり吐き気などの症状が現れやすくなる。かなり痩《や》せてしまっているので、栄養状態は心配だ。

「お小水や便通はどうですか？」

「どちらも、あまり……。お小水は近くなった気がしますが、少ししか出ません……」

「おなかが痛くなったりはしますか？」

「痛いです……。でも、月のもののときのような痛みではなく、かといって、おなかを下すときの痛みでもなく……何とも言えず気持ちが悪いです」

「胸は張りますか？」

「……はい。少し大きくなりましたし、引き攣るように痛みます」

話を聞く限りは、一般的な妊娠中の諸症状に近い気がする。ただ、あまり妊娠中の人を診た経験がないので、確定的なことは言えない。

ただこれだけは確認しておかなければ、ということがあったので、空洞淵は尋ねる。

「答えにくいかもしれませんが、とても重要なことなのでどうか正直に答えてください。

——あなたは、性交経験がありますか？」

一瞬何を言われたのかわからないというふうに目を丸くする紗那だったが、すぐに意図に気づくと目元を僅かに朱に染めて、彼女は答えた。

「……いいえ。一度も、ありません。私はまだ十六ですし……恋というものもよくわからないのですから」

嘘《うそ》をついているようには見えない。空洞淵は彼女の言葉を信じることにする。

というのも、神の子を身籠《みご》もる、という話を聞いた時点で、空洞淵はある仮説を思い浮かべていた。

それは、父親が不明の子を身籠もった娘を、神の子を身籠もったことにして、村ぐるみでその事実を隠蔽している可能性だ。閉鎖的な村社会では、外聞が重要であると聞く。父親不明の子を身籠もった娘の親は、大層決まりが悪いだろう。ならば、娘を神の花嫁として村から追放し、死んだことにしてしまえばすべてが丸く収まる——そのようなシステムを築いてきたのではないか、と考えたのだ。

現代ならば到底許される話ではないが、村八分にされることが死に直結する社会なのであれば、最低限の犠牲で家を守ろうとしても不思議ではない。

無論それでは、村が豊かである理由までは説明がつかないが、たまたま奇跡的な偶然のために豊かである可能性だって否定はできないので、ただ現象を説明するだけならば十分な仮説なのだが……どうにもそうではないようだ。

もしその仮説が正しければ、後味の悪い結果にしかならなかったので、当てが外れて空洞淵は少しホッとした。

「では、神の子を身籠もる、というのは、どうしてそれが神の子だとわかるのでしょうか？　今回は処女懐胎だったのでわかりやすいですが、そうでない場合もあるでしょうに」

「……夢を、見るのです」神妙に、紗那は答えた。「大きな、蛇の夢を」

「蛇の夢？」

「はい。ミズチ様の花嫁として選ばれる娘は、夢を見るのです。霞《かす》み掛かった視界の向こうで、うねうねと動く蛇の夢を。輪郭は曖昧《あいまい》で、詳細な姿はよくわからないのですが、それはミズチ様のお姿だと考えられていて、その夢から覚めると――おなかが、膨らんでいるんです」

「……なるほど。その夢を、合図としているのですね」

空洞淵は納得する。確かに一晩でおなかが膨れたら、それは人の子ではなく尋常ならざる存在のものであると周囲も納得せざるを得ないだろう。

「ちなみにその夢を紗那さんが見たのはいつのことですか？」

「十日ほどまえです」

ということは、わずか十日で腹部はここまで大きくなったということか。ますます人の子ではない。

　頭の中で考えをまとめながら、空洞淵は持ってきていた荷物の中からいくつか薬を取り出す。

「あまり多くは持って来られませんでしたが、妊娠中の諸症状に使用するための薬を持参しています。今、処方を決めるので少々お待ちください」

　手持ちの薬で何か上手《うま》く当たるものがあればよいのだが……。一度目を瞑《つむ》り、記憶している『傷寒雑病論《しょうかんざつびょうろん》』の条文を思い返す。

婦人妊娠宜常服當歸散主之
當歸散方
當歸黄芩芍薬芎藭各一斤白朮半斤
右五味杵為散酒服方寸匕日再服妊娠常服即易産胎無苦疾産後百病悉主之

『金匱要略《きんきようりゃく》』婦人妊娠病脈証併治より当帰《とうき》散《さん》と呼ばれる処方を引き出し、妥当なところかな、と空洞淵は瞼《まぶた》を上げた。

　当帰散はとりわけ妊娠中の女性に頻用される粉薬の処方だ。条文にあるとおり、妊娠中に常用することでお産を軽くする上、産後にもよいとされている。少々過剰な条文ではあるが、妊娠中に現れる様々な症状に効果があることは近代医学でも認められている。悪阻が酷いようであれば、もう少し他の処方も検討したほうがよいのだろうが、今診た感じではそれほどでもなさそうなので、一先《ひとま》ずは当帰散で様子を見たい。なにぶん、普通の妊娠ではないので慎重に処方は選んでいきたい。

ちなみに原文だと酒で飲むようにとなっているが、水で十分効果がある。

予《あらかじ》め調製して一回分ずつ和紙に包んで置いたものを枕元《まくらもと》に並べていく。

「とりあえずこちらの粉薬を朝晩に一包ずつ飲んでみてください。当帰散というお薬で、産前産後の百病を癒やすと言われているものです。臭《にお》いがきついので、飲みにくいようであればおちょこ一杯ほどのお湯に溶いて飲んでも構いません。また吐き気が酷くなるようでしたら今度はそちらの症状を主としたお薬に変更しますので、遠慮せずおっしゃってください」

紗那は不思議そうな顔で分包された薬を見つめる。

「そ、そんなお薬があるのですか……？　てっきりイモリの黒焼きのようなものを食べたりするのかと……」

「そんなもの使いませんよ」空洞淵は笑ってみせる。「僕の扱う古方の中にも動物由来のものはありますが、今回のお薬はすべて植物由来のものなので安心してください」

ちなみにイモリの黒焼きは、その昔惚《ほ》れ薬や精力剤として民間で使用されていたという。もしかしたらこの村にもそう言った民間療法の類《たぐい》は残っているのかもしれない。薬師として少し興味が湧《わ》く。

「空洞淵くんの薬は、よく効くと街でも評判なので安心して飲んでください」

不安を和らげるためか、綺翠も微笑み掛ける。紗那は怖《お》ず怖《お》ずと頷いた。

「……わかりました。飲みにくくても、頑張って飲みます。空洞淵先生、御巫さん。色々と本当にありがとうございます」

紗那が深々と頭を下げたところで、控えめに戸を叩く音がした。

「お取り込み中失礼いたします」

女中さんと思《おぼ》しき中年の女性が、入口のところで正座をしていた。女性は、部屋の用意ができた旨《むね》を伝えてくる。

花喃がおもむろに立ち上がった。

「それでは、そろそろお暇《いとま》しましょうか。お姉様、旅の汚れを落としたらまた参ります。どうかご自愛ください」

「ありがとう、花喃。本当に……ありがとう……」

目元に涙さえ浮かべ、万感の思いを述べる紗那。すべてを理解しているというふうに花喃は頷いて見せた。

3

当然と言えば当然だが、用意された客間は一つだけだった。夫婦と説明している以上は仕方がなかったが、これからしばらくまた綺翠と寝起きを共にするのかと思うと、何とはなしに落ちつかない。綺翠のほうはまるで気にした様子もなく、あらいい部屋ね、と暢気《のんき》だ。人の気も知らないで、と空洞淵は半ば言い掛かりのように苦々しく思う。

花喃は、また後ほど、と空洞淵たちの元を離れていった。おそらく自室へ戻ったのだろう。それからすぐにまた先ほどの女中が客間へやって来た。

「――湯殿の用意が整いましてございます」

そういえばもう丸三日も風呂《ふろ》に入れていないのだった。途中、小川の水で身体を拭《ふ》いてはいたが、精神的にも肉体的にも限界だったので大変ありがたい。綺翠も心なしか嬉しそうだ。

早速二人は、女中に案内されるまま湯殿へ向かう。脱衣所の前で綺翠と別れ、空洞淵は久方ぶりに一人きりになる。

綺翠のことはもちろん憎からず思っているし、彼女の纏《まと》う独特の張り詰めた空気も居心地よく感じるが、さすがに四六時中も一緒にいては気疲れしてしまう。

　空洞淵は、自分と他者の関係に明確な線引きをしているタイプの人間だ。たとえ家族であっても究極的には他人であるし、必要以上に踏み込まないのが礼儀であると考えているのだが……綺翠はよく、不意打ちで線引きしたラインの内側に入り込んで来るので、慌ててまた間合いを取らなければならず、その作業に神経を使うのである。

　ただ、綺翠が踏み込んで来ることが嫌なわけでは決してない。嫌というよりも戸惑いのほうが大きくあるわけで、これまで彼の人生で綺翠のように踏み込んで来る人がいなかったので、どう対応していいかわからないのだ。

　しかし、綺翠はあくまでも仕事上のパートナー。居候をさせてもらっている身分でもあるため、やはり適度に距離はとっておかなければならない、という半ば意地のような意思は、現状を上手く受け入れられない彼の心を小さく蝕《むしば》んでいるのだった。

　あるいは、もう一歩踏み込んだ関係ともなれば、そんな些《さ》細《さい》な悩みも消えるのかもしれないが……。いずれは〈幽世〉を去り、〈現世《うつしよ》〉へ戻らなければならない日が来ると思うと、そんな無責任なこともできない。

　結局、現状維持以上の妙案も浮かばず途方に暮れるしかない。

　そこで思考が逸れていることに気づき、空洞淵は頭を振った。

　自分が綺翠とどうなりたいかなど、些末事だ。

　気持ちを切り替えて、数日着たきりであった小袖を脱ぐ。

一刻も早く、頭から熱い湯を浴びたい。

脱衣場の先は、露天風呂だった。ちょうど切り立った崖《がけ》に面しているようで、彼方には色彩豊かに色づく遠方の山々が覗いている。西日に照らされた黄葉は輝くように陽光を反射していた。まさに絶景と言える素晴らしいものだ。

空洞淵は珍しく胸を高鳴らせながら、洗い場で数日分の汚れを落とすことにする。檜《ひのき》の腰掛けに座り、手短に髪を洗う。それから手ぬぐいで身体を擦《こす》ると、汚れとともに溜《た》まっていた疲労も流れ落ちていくような心地になる。風呂は命の洗濯などと言うが、まさしく至言であるとしみじみ思う。

早々に洗体を終えて、乳白色の湯を湛《たた》えた露天風呂に身体を沈める。

「——おおぅ」

思わず情けない声が漏れる。全身が温泉に溶け出したのかと錯覚するほどの快楽。

これまでの疲れが一瞬で癒されたと思った。

しばらく羊水の中を揺蕩《たゆた》うが如《ごと》き心境で、湯に浸《つ》かっていたところで——。

「空洞淵くん、いる？」

「——っ⁉」

突然綺翠の声が響き、空洞淵は跳び上がるほど驚いた。慌てて周囲を見回すが、当然綺翠の姿は見えない。そのときようやく、壁だと思っていた板張りの向こう側まで温泉が続いていることに気がついた。どうやら女湯と繋がっているようだ。

再び、空洞淵くん？　と声を掛けられる。黙っているのも申し訳ないので、いるよ、とだけ答えるが、この壁一枚を隔てた向こうで、綺翠が湯に浸かっていると思うと落ち着かない。

温泉の効能だけではない、何らかの原因によって体温が上昇するのを感じる。

「一人だと寂しいでしょう？　少しお話でもしましょう」

普段どおりの調子。そんな綺翠の様子に妙な安心を覚えて、空洞淵は全身の緊張を解いた。

「――そう、だね。何だかこうしていると、初めて〈幽世〉に来た夜を思い出すよ」

「空洞淵くんが来た夜？」

「うん。あのときも、風呂に浸かりながら綺翠と話したなって」

ああ、と綺翠はようやく合点がいったように吐息を零す。

「そういえばそんなこともあったわね。何だか随分と昔のことのような気がするわ」

「色々あったからね。僕は必死だったし……」

「あら、私もそれなりに必死だったわよ」

心外だとでもいうふうに、綺翠は続ける。

「別の世界から来た空洞淵くんと仲良くできるか心配だったし……。何より私は父以外の男の人をほとんど知らないから、あなたと一緒に暮らすことが本当は少し不安だったの」

いつも自信ありげで泰然自若としている綺翠の言葉としては意外だったが、冷静に考えるとむしろその反応のほうが自然な気がした。

妹と二人で暮らしている中に、見ず知らずの男を混入させることに不安を覚えない女性などいないだろう。

「その、改めてになるけど、受け入れてくれて本当にありがとう」

「気にしないで。今はもう、大切な家族なのだから」

綺翠のそんな自然体の言葉が嬉しくて、でも少しだけまだ気恥ずかしくて、空洞淵は誤魔化すように話題を変える。

「綺翠のお父さんは……どういう人だったんだい？」

意外な問いだったのか、虚を突かれたように一瞬間が空くが、すぐに綺翠は答えた。

「優しい、人だったわ。優しくて、少し頼りなくて……でも、いざというときにはすごく頼りになる人だった。——そうね、そういう意味では空洞淵くんに少し似ているかも」

会ったこともない、綺翠と穂澄の父親に思いを馳《は》せる。普段あまり感情を表に出すことのない綺翠にこれほど慕われているのだから、きっと素敵な人だったのだろう。そんな人に似ていると言われるのは、嬉しくもあり、また少し畏れ多くもある。

「――私が十歳の頃、街で虎狼痢《コロリ》が流行《はや》ってね。お父さんもお母さんも、相次いで亡《な》くなってしまったの。その頃は、燈《あかり》先生もいなかったから、病気に対してどうすることもできなくて……すごく悲しかった。だから、空洞淵くんが現れて、この〈幽世〉で薬師をやるって言ってくれたとき、不安だった半面、すごく嬉しくもあったの。今度は流行病が起こっても、子どもの頃の私のように悲しむ子どもを減らすことができるって」

虎狼痢《コロリ》――所謂コレラのことだろう。コレラ菌を病原体とする感染症で、公衆衛生が未発達な地域では、空洞淵がいた現代でも猛威を振るう恐ろしい病気だ。コレラ菌に汚染された水が感染源となり、発症すると激しい下痢と嘔吐《おうと》を繰り返し、早い場合は数時間のうちに脱水で命を落とすと言われている。

燈先生、というのは、空洞淵のまえに〈幽世〉で薬師をしていた人で、現在は行方を晦《くら》ませている。どうやら〈白銀《しろがね》の愚者〉と裏で繋がりがあるようだが……真実はわからない。

「肉親を失う痛みと、それを待つことしかできない恐怖を、私は知っている。だからあの子が――花喃がやって来たときは、一も二もなく力になってあげたかった。でも、それは人間側の勝手な理屈で、神様を軽んじていい理由にはなっていない。神と人を繋ぐ巫女として、そこだけは曲げられなかったから、少し厳しいことを言ってしまったけど

「……まったく、損な役回りだわ」

悔いているのか、綺翠の言葉は少し重たい。彼女の不器用な優しさを知っている空洞淵としても胸が痛む。空洞淵は努めて明るく告げた。

「つらい役目を押しつけてごめん。でも、花喃さんもわかってくれてるよ。きみが、言動ほど冷たい人間じゃないってことはね」

「……どうせ私は言動の冷たい女ですよ」

拗《す》ねたような言葉とともに、パチャン、と水面《みなも》を叩く音が響いた。いつもの調子を取り戻したようだ。

それにしても、と綺翠は話題を変えた。

「本当に……気持ちいいお湯ね」

「……疲れが抜けていくね」空洞淵は同意した。

言葉はそれだけ。二人は無言のまま、この至福の時間を満喫する。

どれほどの時間が経《た》っただろうか。不意に綺翠がぽつりと呟く。

「ねえ、空洞淵くん。今は二人きりで、ここなら誰にも聞かれていないから言うのだけど……」

僅かに声量を落として、綺翠は告げた。

「——あれは〈感染怪異〉よ」

「……え？」

弛緩《しかん》する思考は、最初言葉の意味を結べなかった。しかし、すぐに理解すると、慌てて意識を切り替えて問い質《ただ》す。

「あれ、っていうのは、紗那さんの……？」

「ええ。つまり紗那さんは、〈鬼人《おにびと》〉ということね。でも、彼女のおなかの子は、神の子ではないわ」

「神の子じゃない……？」

空洞淵は眉《まゆ》を顰《ひそ》めた。尋常ならざるモノの子を孕んだ紗那。しかし、それが神ではないとはいったいどういうことなのか。

「じゃあ、彼女のおなかにはいったい何が……？」

「それは……私にもわからないわ」綺翠は控えめに答えた。「でも、少なくともそれは神ではない。いえ、正確に言うならば、神性のものではない、というべきかしら」

綺翠は巫女らしく落ち着いた声で続ける。

「〈根源怪異〉と〈感染怪異〉の話は、覚えているかしら？」

空洞淵はこくりと頷く。

忘れるはずもない。それは、空洞淵が〈幽世〉へ連れて来られた夜、三ツ目の賢者から伝えられたこの世界の基本法則――。

〈根源怪異〉とは、〈幽世〉を切り離すより以前から存在していた怪異で、〈感染怪異〉は、その後切り離されたこの〈幽世〉で生まれた怪異であると、教えられている。

「神性のもの、つまり本物の〈神〉はほとんどすべて〈根源怪異〉と考えていいわ。神とは元来、長い年月を掛け、人が思い、祈り、謳《うた》い、恐れ、その果てに生まれるものよ。言い換えるならば、歴史の積み重ねこそが神とも言える。つまり、〈神性〉の正体とは、幾星霜の年月を経て、人々の想いが、認知が像を獲得したもの。そして想いの強さ、認知の強さは神の力に直結する。このまえ金糸雀が、神の力はそれが集める信仰心によって増大する、というようなことを言っていたのはそういう理由よ」

　人間が、〈神〉を作る。

〈現世〉の宗教家に聞かせたら激怒しそうな内容だが、少なくともこの〈幽世〉においてそれは紛れもない事実なのだ。

「そして〈幽世〉が生まれてから、たかだか三百年程度。その程度の歴史では、力ある神は生まれ得ない。だから、この世界に実在する神は、ほぼ例外なく〈根源怪異〉であると言えるわけ。でも、この村には所謂神性をまったく感じない。本当に神の加護があるのならば、巫女である私が感じないはずはないのに。そして、神性を持たない神というものは存在しない。だから、この村で神と呼ばれている存在は、少なくとも私たちが思う神とは本質的に異なるものということになる」

なるほど、と空洞淵は呟いた。綺翠の説明は、理路整然としていてとてもわかりやすい。

「でも、神ではないからといって、侮《あなど》っていいわけじゃないわ。実際にそれが村の人々から神であると信じられている以上、その集められた信仰心は、そのまま〈怪異〉の力となる。それが、この村を様々な厄災から守っているという実績に繋がっている以上、神に匹敵する力となっている可能性は高いわ」

「神ではないが、神のように振る舞っているわけだね。なら、実質本物の神を相手取るくらいの心積もりでいないといけないね」

「ええ、本当に——」

言葉と共に、綺翠は熱い吐息を零した。

「——少し、長湯しすぎたみたい。先に上がるわ。濡《ぬ》れ縁《えん》で涼んでいるから、あとで来てね」

いつもより柔らかい口調でそう言って、綺翠の気配は消えた。自分も上がろうかと一瞬考えるが、せっかくなのでもう少し秋の絶景と素晴らしい温泉を堪能《たんのう》していくことにする。〈幽世〉にだいぶ馴染《なじ》んできたとはいえ、元はコンクリートジャングルに住む現代人だ。こうした格別の状況では、つい貧乏性が顔を覗かせてしまう。

一度大きく伸びをして、空洞淵は先ほど綺翠に言われたことを頭の中で反芻《はんすう》する。

紗那に宿っているものが、神ではない何らかの怪異であることは理解できた。つまり、極論を言ってしまえば、綺翠がそれを祓ってしまえば、とりあえず花喃の依頼は達成できることになる。

しかし――どうにも解《げ》せない。

曲がりなりにも、村人たちからは〈神〉として崇《あが》められている存在に連なるモノが、そんなに簡単に祓われていいものなのだろうか。もちろん、〈感染怪異〉が存在すること、そして綺翠たち祓い屋はそれを祓い、〈鬼人〉をただの人に戻すことが可能であることはこの世界のルールなので、そういうことも起こりうるのだろうけれども……。

何となく、そう事は単純ではないような気がしてならない。

根拠など何一つとしてない、言い掛かりにも似た予感だが、仮にこの一件に月詠《つくよみ》が関与しているのだとしたら、警戒しすぎるということはないだろう。

「……『一年一子《ひととせいっし》の死の掟』、か」

不意に、先日花喃から聞かされた童歌《わらべうた》の一節を思い出す。

毎年一人の女性が、神様の花嫁として、神の子を身籠もった後に命を落とす。

これが本物の神様との契約ではないのだとしたら、いったい何故そのような風習ができたのだろうか。その根底には、常軌を逸《い》した理由が隠されているような気がしてならない。少なくとも、豊穣《ほうじょう》のための生け贄《にえ》、などという表面的な理由ではないはずだ。

仮に『豊穣のため神に生け贄を捧《ささ》げる』という単純な〈感染怪異〉なのだとしたら、女性だけに限定する理由がないのだ。生け贄ではなく花嫁として、あえて犠牲者を女性に限定しているのか、とも考えたが、それにしてもわざわざ神の子を身籠もらせた末に殺す、というのがどうしようもなく回りくどい。

この村に言い伝えられている〈神〉とは何者なのか。そして、いったい何が目的なのか——。

——あなのそこから　こちらをみてるの　だあれ？

そこでふと、暗い穴の底から獲物を定めるようにジッとこちらを見つめている巨大な蛇を想像して、思わず背筋が寒くなる。

一度、温泉に肩まで浸かり直して、脳裏に浮かんだよくない思考を振り払う。

とにかく——考えても詮《せん》ないこと。今は情報が圧倒的に不足しているのだから。

空洞淵は、明日からの本格的な調査に備えて、頭を空にして温泉を楽しむことにした。

乾いた秋の西風が、舌なめずりをするようにそっと頬を撫《な》でた。

第三章

伝承

1

翌朝、空洞淵《うろぶち》は軽い頭痛とともに目を覚ました。

一瞬、見当識がなくなり困惑するが、すぐに神籠《かみごも》村の神屋敷《かみやしき》邸に逗留《とうりゅう》させてもらっていることを思い出す。

廊下に面した障子は明るく照らされ、外からは賑《にぎ》やかな雀《すずめ》の井戸端会議が聞こえていた。すっかり朝のようだ。

布団《ふとん》から上体を起こすと、すぐ隣の布団には、綺翠《きすい》が目を瞑《つむ》り横たわっている。昨夜、空洞淵が行灯《あんどん》の火を消したときの体勢から、微動だにしていない。生きていないのではないかと、一瞬焦《あせ》るが、よく見ると布団の胸元は微《かす》かに上下しており、耳を澄ませば小さな寝息を立てている。空洞淵は少し安心する。

眠っている女性の顔をじろじろと見るべきではないことくらいは、空洞淵にもわかるが、何故《なぜ》か目が離せない。

均整の取れた作りものめいて美しい相貌《そうぼう》。人形のような、という表現が正しいのかどうか空洞淵にはよくわからなかったが、確かに綺翠には非人間染《じ》みた美しさがあった。彼女の気高い精神が外見にも影響を及ぼしているのだろうか。それは現代人である空洞淵からしてみれば眩《まぶ》しいほどで——。

そのとき、頬に影を落とす長いまつげが僅《わず》かに震え、綺翠はゆっくりと目を開く。即座に視線を巡らせ、空洞淵の姿を認める。

「おはよう」

空洞淵の言葉に、綺翠は悔しそうに眉《まゆ》を歪《ゆが》めた。

「……おはよう」のっそりと身体《からだ》を起こす。「ああ……不覚をとったわ。空洞淵くんよりも早く起きるつもりだったのに……。やっぱり昨日は少し飲みすぎたかしら……」

後悔するように綺翠はため息を吐《つ》く。

昨夜は、神屋敷の計らいで盛大な宴が行われた。鯛《たい》や平目の舞い踊りではないが、竜宮城もかくやというほど、大量のご馳走《ちそう》と大量の酒が振る舞われ、特に酒好きの綺翠はいつもの無表情のまま大変喜んだ。もっとも、魚料理は一つも出なかったのだけれども。

比較的、〈幽世《かくりよ》〉の酒はにごり酒が多いが、神籠村のものは空洞淵にもなじみ深い清酒であった。そして有数の米所ということもあり、それがまた大層美味《うま》く、綺翠は普段よりもかなり多めに飲んでいた。しかし、それにしては二日酔いなどの様子がまったく見受けられないのでさすがだ。彼女の肝臓が少々心配ではあるのだが。

「……その。あまりじろじろ見ないでもらえるとありがたいのだけど」

僅かに寝乱れた浴衣《ゆかた》の胸元を整える綺翠。空洞淵は、ごめん、と慌《あわ》てて視線を逸《そ》らした。

「私、変な顔とかしてなかった？　あと変な寝言とかも……」

「それは、全然大丈夫だよ。すごく綺麗だった」

「……寝顔を褒められてもあまり嬉《うれ》しくないけど」

微かな身じろぎの気配。どうやら言葉の割りに満更でもないようだ。綺翠は表情には出さないが、意外と感情豊かであり、二ヶ月あまり一緒に暮らしてきた空洞淵には、少しずつ彼女の気持ちがわかるようになっていた。

「とにかく、身支度をしないとね。僕は先に顔を洗ってくるから、その間に綺翠は着替えちゃって」

「……わかったわ」

珍しく恥ずかしげな声を上げる綺翠を可愛《かわい》らしく思いながら、空洞淵は座敷を出る。

晴れやかな秋の早朝を楽しみながら縁側を歩いていると、向かいから歩いてくる花喃《かなん》の姿を認めた。

先生、と彼女は小走りに歩み寄ってくる。

「おはようございます。昨夜は快適に眠れましたか？」

「おはよう。おかげさまで朝までぐっすりだったよ」空洞淵は答える。「久々の布団は格別だね」

「私も同じです」照れたように花喃ははにかむ。「長旅も野宿も今回が初めてでしたからね。非常にいい経験になりましたが……やはりお布団は偉大です」

　それから目的を思い出したのか、話題を変える。

「お食事の支度が調いましたので、お声掛けに参上しました。お部屋で召し上がりますか？　それとも食堂までいらっしゃいます？」

「食堂まで行くよ。綺翠も起きてるから、伝えておくね」

「お気遣いありがとうございます」

　ぺこりと花喃は頭を下げた。

「そういえば、花喃さんは今日は忙しいかい？」

「いいえ？」顔を上げて小首を傾《かし》げる。「何かご用でしょうか？」

　空洞淵は声を少し落として言う。

「今日から、ミズチ様のことを色々調べてみたいんだけど、たぶん村の中を歩き回ることになると思うから、できればきみに同行してもらいたいんだけど……」

「そういうことでしたら、お任せください！」胸に手を添えて、誇らしげに少女は答えた。「これでも村では知らない人はいない程度に顔が知れていますし、長老方には可愛がってもらっています。何か私の知らないお話を教えてもらえるかもしれません」

それは心強い。空洞淵は是非にと協力を頼んだ。

花噺と別れ、水場で顔を洗ってから座敷へ戻ると、綺翠はもうすっかりいつもの調子を取り戻していた。どうやら花噺が気を利《き》かせて桶《おけ》で湯を運び入れてくれたようで、朝の支度はすべて完了しているようだった。ちなみに、帯刀している綺翠が村人から必要以上に怖がられないよう、彼女は街で剣術道場を開いている、と説明してある。

身に纏《まと》っているものは借り物の紬《つむぎ》だ。女性ものらしい、淡い薄紫色の生地で、髪をアップに結い上げた彼女にとてもよく似合っていた。そういう格好をしていると、本当に普通の年頃の美女なのだが、腰には白鞘《しろざや》小太刀を帯びているので、相変わらず尋常ならざる威圧感は健在だった。

よく似合ってるよ、と空洞淵が告げると、綺翠は普段の無表情のまま、ありがとう、と素っ気なく返してくるのだった。そしてどこからともなく取り出した護符を、またいつものように空洞淵の手の中へ握らせてきた。この護符は非常に霊験《れいげん》あらたかなお守りであり、普通は大枚をはたいても手に入れることが困難な代物《しろもの》なのだが、何故か空洞淵はよく頂戴《ちょうだい》する。照れ隠しのようなものなのかもしれない。

それから空洞淵も浴衣から小袖《こそで》に着替え、二人は並んで食堂へ向かった。

交わす言葉は特になかったが、朝の空気はどこか清々しく心地よい。

こうしていると、まるで本当に夫婦のようだな、と空洞淵は密《ひそ》かに思った。

2

朝食を終えて一息吐いたところで、空洞淵たちはひとまず離れへ向かい紗那《さな》の具合を確認する。

驚いたことに、紗那は心なしか昨日よりも元気そうだった。

「先生、何だか今日は、起きていてもそれほどつらくはないんです」

声を弾ませる紗那。プラセボ効果も大きいのだろうが、苦痛が和らいだのであればそれで十分だ。様子を見ながら継続の服用を指示する。

それから綺翠は、昨日空洞淵に話した内容を再び神屋敷姉妹に語る。おなかの子が神の子ではないと伝えられ困惑した様子だったが、感染怪異ならば綺翠が祓《はら》うことができるとわかり、花喃は色めき立つ。

「で、では、巫女様！　すぐにでも姉の子を祓ってください！」

「何を言っているの、花喃！」慌てた様子で紗那は止めた。「私はこの運命を受け入れていると何度も言っているでしょう！」

「で、でも！　やっぱり私、お姉様が亡《な》くなってしまうなんて耐えられない……！」

　また平行線のやり取りが繰り広げられそうになったところで、

「いずれにせよ……少し待ってもらえませんか」

　綺翠がやや険しい顔で割って入った。姉妹はぴたりと悶着《もんちゃく》を止《や》め、綺翠を見やる。

「まだ、紗那さんのおなかに宿っているものの正体がわからないので何とも言えないのですが、何者かはわからないにせよ、村で絶大な信仰心を集めている存在であることには間違いありません。下手に祓ってしまったら、紗那さんが恐れるようにどのような厄災が村に降りかかるか私にも予想ができません。それに……おなかの子を祓うということは、その子を堕《お》ろすということです。たとえそれが人でなかったとしても……あまり気は進みません」

　その言葉に、シンと室内は静まり返った。

　そうだ。人ではない何らかの怪異であったとしても、紗那に新しい命が宿っていることに変わりはない。いずれ紗那自身の命を蝕《むしば》む呪《のろ》いであっても、緊急性のないこのタイミングで、あたらそれを散らすことはないのかもしれない。花喃はつらそうな面持ちで俯いている。

「幸い、空洞淵くんのお薬も効いているみたいですし、今すぐに紗那さんの命を脅《おびや》かすわけでもなさそうです。祓うにせよ、祓わないにせよ、もう少し調べを進めてから、最終的な判断をしていただければと思います」

綺翠は真《ま》っ直《す》ぐに紗那を見つめる。

「――わかりました」紗那は微かな逡巡《しゅんじゅん》を見せたあと小さく頷《うなず》いた。

「……あなたもつらいのに、すみません」

綺翠は申し訳なさそうに頭を下げる。紗那は切なげな微笑《ほほえ》みだけで応じた。

まずは、とにかくミズチ様の情報を集めなければならない。現状わかっていることといえば、年に一度、村の娘から花嫁をとり、最終的にその花嫁は死亡することと、花嫁に選ばれた娘は蛇の夢を見るということくらいだ。

何から手を付けていいのかもわからなかったが、多少調子を取り戻した花喃は言った。

「……とりあえず、十和婆《とわばぁ》様から話を聞いてみようと思うのです」

「十和婆様？」と空洞淵。

「はい。この村の最長老です」花喃は答えた。「御年七十歳になるまさに神籠村の生き字引です。とても信心深い方で、この村に十和婆様ほどミズチ様の伝承に詳しい方はいないはずです。村長《むらおさ》であるお父様でも、十和婆様には頭が上がらないんですよ」

「でも、急に僕らみたいな部外者が話を聞きに行って大丈夫なものかな？」

保守的なこの村のことだ。門前払いされたりはしないだろうか。

「大丈夫、だと思います」代わりに紗那が答えた。「十和婆様は、私や花喃を小さい頃から可愛がってくれていましたし、何よりとても話し好きな方ですから」

紗那が太鼓判を押すのであれば、おそらく大丈夫なのだろう。

早速、空洞淵、綺翠、花喃の三名は、村の外れにあるという、十和婆様の家へ向かう。何でも、夫も子どもも亡くして一人で暮らしているらしい。非常に壮健で今も元気に米作りに勤《いそ》しんでいるそうだが、年齢のこともあり村全体で度々彼女の様子を見にいっているらしい。

よい社会だな、と空洞淵は感心するが、この手のサポートは高齢化が進行しすぎた現代日本では構造的に難しくなってしまっている。高齢者や障害者などの社会的弱者が安心して暮らせる社会というのは、それだけで尊いものだ。

道すがら、広場らしき開けた場所に奇妙な石の塊を見掛けた。石碑なのだろうか。空洞淵の視線から興味を悟ったのか、花喃はそちらに足を向けた。

「あちらが法師《ほうし》様の建てられた石碑になります」

「法師様？」

「はい。後ほど、十和婆様より詳しくお話しがあるかと思いますので手短に説明しますが、一度この村はミズチ様によって滅ぼされ掛けたことがあるんです。そのときたまたま立ち寄った旅の法師様がミズチ様との間を取り持ち、村を救ってくださったのです。石碑は法師様が信仰を失わないようにと建ててくださったものになります。あの童歌《わらべうた》も、石碑に刻まれているんですよ」

　そういえば、先日金糸雀《カナリヤ》の屋敷で話を聞いていたとき、石碑がどうのという話をしていた気もする。少し気になったので、空洞淵は石碑をよく観察してみる。

　子どもの背丈ほどの石碑は、長い月日を風雨にさらされたためか少々朽ちて見えるが、それでもどこか荘厳《そうごん》な佇《たたず》まいで鎮座していた。材質は御影石《みかげいし》だろうか。なかなか立派だ。

　表面中程には、以前にも聞いた童歌がひらがなで記されているようだが、劣化のためかろうじて判読できる程度だ。上部にも何かしらの文字が刻まれているが、こちらはほとんど消えかかっている。唯一《ゆいいつ》識別できたのが、〈虫〉という字だった。

「虫って書いてあるみたいだけど……なんだろう？」

「たぶん、〈へび〉の意味じゃないかしら？」綺翠が興味深そうに首を傾げながら答えた。「昔は〈虫〉という漢字は〈へび〉の意味だったらしいわ。ほら、〈マムシ〉とかいるでしょう？」

「ああ、なるほど」

　確かに言われてみれば、〈へび〉は漢字で書くと〈蛇〉というふうに虫偏が入る。おそらくその頃の名残なのだろう。マムシも確か虫偏に〈腹〉の旁《つくり》で〈蝮〉だ。

　つまりこの石碑は、蛇神としてのミズチ様を祀《まつ》るために、その法師とやらが建てたということか。とにかくまずは、十和婆様の元へ行って話を聞かなければ何も始まらない。

空洞淵たちは改めて歩みを進める。

一面に広がる黄金の絨毯《じゅうたん》のようにたわわに実った稲穂を横目にあぜ道を行き、目的地に到着した。茅葺《かやぶ》き屋根の風情《ふぜい》あるお宅だ。

家の前では、長い竹箒《たけぼうき》を手にした小柄な老婆が、落ち葉を集めていた。

「十和婆様！」花喃は駆け寄った。どうやら目的の人物らしい。

「おや、花喃ちゃん」

老婆——十和婆様は、嬉しそうに花喃を見遣《や》り、目を細める。

「無事に戻って来られたんだってねえ。あまり年寄りを心配させるものじゃないね」

「ごめんなさい」しかつめらしい顔で、花喃は謝った。「十和婆様、こちらの方は旅先で私を助けてくださったご夫婦です」

花喃は、手で空洞淵たちを示す。綺翠は一歩前に進み出て、営業用の笑みを浮かべた。

「朱雀院《すざくいん》と申します。余所者《よそもの》が村の中を我が物顔で歩き回って申し訳ありません。素晴らしく栄えた村なもので、花喃さんに案内してもらっていたところです」

「おやまあ」十和婆様は嬉しそうに破顔した。「あんた方が、花喃ちゃんの恩人さんかい。花喃ちゃんを村まで連れ帰ってきてくださって、本当にありがとうねえ。噂《うわさ》は聞いてるんね。とんでもない別嬪《べっぴん》が村に来たと、男衆は大喜びさね」

「あら、お上手ですね」綺翠は年頃の娘のようにころころと笑う。「でも、私はこの人にぞっこんなので。ねえ、あなた？」

僅かに顎《あご》を下げて上目遣いを向けてくる。空洞淵はただ、ははっ、と乾いた笑みを返した。対人用の人格とはいえ、ここまで普段と百八十度変わられると対応に困るのである。

「お熱いねえ」十和婆様は口元を綻《ほころ》ばせた。「旅人さんなんて滅多に来ない辺境の地だけんど、のんびりして行きなされ。村の中も、好きに見て回れるよう、私からもみんなにお願いしておくよ」

「お心遣い感謝いたします」恭《うやうや》しく、綺翠はお辞儀した。

「それで十和婆様。ミズチ様の昔話をお二人に聞かせてあげてくれませんか？」

花喃が早速本題に入った。意外そうに十和婆様は目を丸くする。

「ミズチ様の昔話を？　別に構わないけど、旅の方がそんな話を聞いても、退屈じゃないかね？」

「いいえ、とんでもない」大げさに綺翠は否定する。「ミズチ様と崇《あが》められるこの地の神様には大変興味があります。是非お話をお聞かせください」

「おお、それはお若いのに感心さねえ。どれ、お上がりなさい。お茶でもお出ししましょう」

嬉々《きき》とした十和婆様に促されるまま、空洞淵たちは庭を回り縁側に腰を落ち着けた。

軒先には、糸で結ばれた干し柿《がき》が吊《つる》されていた。まだ瑞々《みずみず》しく、干し始めて間がないことがわかる。冬への備えなのだろうと思うと、どこか物悲しくも思える。

花喃が手伝い、人数分の煎茶《せんちゃ》をいれて十和婆様は戻って来た。縁側に敷いた座布団に腰を下ろし、湯飲みを一口啜《すす》ってから、十和婆様は語り始める。

「さて、何から話すかねえ……。ミズチ様のことは、どこまでご存じなんね？」

一度綺翠と顔を見合わせてから、空洞淵は答える。

「ミズチ様がこの村の守り神であること。そして毎年村の娘を一人花嫁として選ぶことくらいは」

「それは今のミズチ様だね」十和婆様は微笑んだ。「遥《はる》か昔のミズチ様は、今のような穏やかな方ではなく、もっと猛々《たけだけ》しい神様だったそうな――」

そう言って、十和婆様は滔々《とうとう》と語り始める。

遥か昔から、この地はミズチ様の土地であった。

今から百年ほど昔のこと、極楽街《ごくらくがい》を離れ、新天地を求めた開拓者たちは、それを知らずにこの地に村を築いてしまった。

初めは、非常に順調だったらしい。水に恵まれ、土地の肥えたこの地は米作りに最適であり、山からは石灰石も採掘できる。たちまち村は栄え、人々は楽園の如《ごと》きこの地で幸せを謳歌《おうか》した。

しかし、そうすべてが人間の思いどおりに上手《うま》くいくはずもない。

ミズチ様は、勝手に自らの土地に村を築いた人間たちに罰を与えるため、村の女衆に自らの子を孕《はら》ませていった。生娘も、既婚者も、果ては老婆までも関係なく、女衆は次々とその餌食《えじき》となった。人の身で神の子を宿した女衆は、子の成長とともに痩《や》せ衰え、やがて皆血を吐いて死んでいった。

何とかミズチ様の怒りを鎮《しず》めようと、男衆は奮闘するが奏功なく、村からは一人、また一人と女が消えていく――。


「お話の途中ですみません」空洞淵はつい口を挟む。「では、かつては年一人という制約なく、無差別に女性は花嫁にされていたんですか？」

「そうさあ」十和婆様は暢気《のんき》にお茶を啜る。「私の若いときが一番酷《ひど》かったみたいで、女衆の五人に四人が孕まされてたんね。幸いなことに、私は無事だったけんど」

「そんなに酷い状況だったのに、何故この土地に住み続けたのでしょう？」綺翠が尋ねた。

「最初この地に村を築いた、私の親の世代が何を考えてたかまではわからないけんど……。きっとそれ以上にこの土地が魅力的だったんじゃないかねえ。今さら街にも戻れず、他に行き場がないなら、不幸なことはあるけれど、ここを終《つい》の棲家《すみか》に選んだとしても不思議はないさね。かくいう私だって、結局この村に残ったんさ。もちろん、村を離れた人も大勢いたけんどね」

確かに、神の花嫁にされる危険性にさえ目を瞑れば、食うものに困らず、石灰石という交易品もたくさん取れるこの土地は、楽園にも等しいものであろう。それまで他の土地で苦労をしてきた人々であれば、尚更《なおさら》この楽園を捨てがたく感じてしまっても、責められない。

「でも、何故ミズチ様は、女衆にのみ罰を与えたのでしょう？」再び綺翠が尋ねた。「この土地を不当に占拠しているという意味では、男も女も関係ないように思われますが」

「ミズチ様は、水の神様だからねぇ。遥か昔からこの村では、稲作は女の仕事だったし、川の水を勝手に村へ引き込んで穢《けが》す女衆を特に疎《うと》ましく思ってたのかもしれんけど……神様のお考えなど、私のような愚昧《ぐまい》にはわかりますまいて」

どこか悲しげにそう呟《つぶや》いてから、十和婆様は話を戻す。

それでも何とか折り合いを付けながら、五十年ほどが経《た》った頃——いよいよ村は労働力となる女が減りすぎて、存亡の危機を迎えていた。

村を捨てるか、あるいは村とともに心中するか、男衆が揉《も》めていたところで——突然、村に若い娘の旅人が現れた。

あどけなさを残した童女のようでもあり、千年あまりを生きた老婆のようでもあり、何とも言えず不思議な娘だった。

確実に言えることといえば、娘がこの世の者とは思えぬほど美しかったということ。

そして、もう一つ。

娘の髪色が——眩《まばゆ》いばかりの白銀《しろがね》であったこと。

月詠《つくよみ》だ、と空洞淵は直感的に気づく。綺翠を見ると、彼女も同様の様子で空洞淵に視線をくれると小さく頷いて見せた。

やはりこの村には、月詠が関与していた。ならば、その裏には何らかの悪意が混在しているはずだが……。

空洞淵は一層熱心に老婆の言葉に耳を傾ける。

村人は初め、旅の娘を追い返そうとした。

それは悪意からではなく、純粋な善意から。万が一、たまたま訪れた旅の娘がミズチ様の子を孕んでしまっては、あまりにも申し訳ないと思ったからだ。

事情を話して、お引き取りを願おうとしたところで娘は、

「わたくしめにお任せを」

と言い残し、村人の制止を無視して、ミズチ様が棲まうとされている山頂の社へ一人で向かってしまった。

村に住む誰もが娘の死を確信したが、その翌日、ケロリとして娘は山から下りてきた。

「ミズチ様とお話をして参りました。これでもう、村は安泰です」

何と旅の娘は、ただの娘ではなく、法師だったのだ。

それから白銀の法師は、神の子を身籠《みご》もった女衆に、白酒《しろざけ》を振る舞った。すると、たちまち神の子種は流れていき、女衆は元気になったという。

村の者は皆、滂沱《ぼうだ》の涙を流してこれを喜んだ。

そして法師は、ミズチ様と村の新たな契約のことを語る。

「この先、毎年一人だけがミズチ様の花嫁として選ばれます。村人は秋に収穫祭を行ってミズチ様に感謝を捧げた後、改めて婚礼祭を行って盛大に花嫁を送り出さなければなりません」

さらに、もしミズチ様に逆らうことがあれば、山頂から漆黒の瘴気《しょうき》が溢《あふ》れ出し、村を飲み込み滅亡させるでしょう——と。

その他詳細なミズチ様との約束を語り、村の中央に例の石碑を建てたのちに、法師は

村を去って行った。

白銀の法師は、今では村の恩人として語られているという。

十和婆様の語りが終わったタイミングで、すかさず空洞淵は尋ねる。

「すみません、念のための確認なのですが、つまりその白銀の法師は、ミズチ様と村との関係を取りなし、よきように取り計らってくれたということでしょうか？」

「ほんに法師様は、村の恩人さね」十和婆様は深々と頷いた。

「では、実際にその後は、毎年一人だけが神の子を身籠もるようになったと？」

「そうさあ」

十和婆様の言葉に、空洞淵は腕組みをして考え込む。

いったいどういうことなのか。てっきり、月詠がまた余計なことをしたのかと思っていたが、どうにも月詠のおかげで新たな秩序が生まれたように聞こえてしまう。少なくとも、村から必要以上の犠牲者が出なくなったのは事実のようだ。

全体的にいかにも捉《とら》えどころのない話ではあったが、白酒で神の子を堕ろす、という部分は、子どもの頃、祖父から聞かされた昔話で似たようなエピソードがあったような気がする。

確か『蛇婿《むこ》入り』という話で、人間に化けた蛇神によって蛇の子を宿した娘が、白酒や菖蒲湯《しょうぶゆ》によって蛇の子を堕ろす、といった内容だ。このエピソードが桃の節句や端午の節句の由来になったとも言われている。もっとも、実際にはこれは因果が逆で、元々白酒や菖蒲湯という風習があった上で、昔話に習合されたようなのだが……。

　綺翠を窺《うかが》うと、彼女も難しい顔で眉を顰《ひそ》めていた。この話にどのような判断を下せばよいのか決めかねているのだろう。

「では、漆黒の瘴気とは何のことなのでしょうか？」空洞淵は再び尋ねる。

「さあ……私は見たことないけんど、私が生まれるよりも昔、実際一度村が瘴気に襲われたことがあるらしいんね」

「え、本当に襲われたことがあるんですか？」

　驚いて目を丸くする。てっきり何かの隠喩《いんゆ》なのだと思っていた。しかし、〈幽世〉ならば、何らかの超自然的な現象が起こっても不思議ではない。

　そうさあ、と十和婆様はお茶を啜った。

「この地に村を作ったばかりの頃、女衆が立て続けに孕まされたことに腹を立てた男衆の一部が、当時ミズチ様を祀っていた祠《ほこら》を壊したらしいんね。したらミズチ様が大層お怒りになって、穢れた気を山頂から溢れ出させて、村を襲ったんだと。爺《じい》様の話だと、森が枯れて稲も駄目になって、酷いことになったみたいだね。山頂に立派なお社を建てたのも、そのときのお怒りを鎮めるためさね」

「なるほど……」

　空洞淵は今の話を頭の中で反復する。

　どうにも現実的な解釈はできそうもないので、少なくともかつてはこの地に何らかの怪異が存在したと考えるのが妥当だろう。しかし、十和婆様の口ぶりだと彼女が生まれてからはそういったことはなかったようなので、ここ七十年は瘴気と無縁の暮らしだったことになる。ミズチ様の機嫌を損ねなければ大丈夫ということなのだろうか。現時点ではまだ判断ができず、一旦《いったん》この件は保留にする。

「ちなみに、法師は本当に、毎年一人が選ばれる、と言ったのですか？　毎年一人が死ぬ、ではなく？」

「間違いないんね。よぉく覚えてんね」

　十和婆様は誇らしげにこめかみのあたりを指さした。実際に法師を目の前にした彼女がそう言うのだから信憑《しんぴょう》性はかなり高いだろう。特にどうということはないはずだったが、何故か空洞淵は妙に法師の言葉が気になった。

「――最後にもう一つ教えてください。法師以後、年一で花嫁に選ばれた娘はどうなるのでしょう？　ミズチ様の棲まう社へ向かうと伺いましたが……それは先ほどお話にも登場した山頂の社のことなのでしょうか？」

「……花嫁は、山頂のお社で死ぬまでミズチ様と暮らすんよ」

十和婆様は、切なげに目を伏せた。

「こういうことを言うのは、ミズチ様に失礼だと思うけど、ほんに気の毒なことさね……。花嫁は冬も越せずに、静かに息を引き取るんと……。そして死後は、丸呑《の》みにされて骨だけが残されるそうな。これも法師様がミズチ様に話をつけてくださったおかげやね。だから、毎年秋の婚礼祭のまえに、村の若い衆がこっそりお社のお骨を連れ帰って、村の墓に埋葬できるんね……。ミズチ様も、若い未婚の生娘じゃなく、私のような老い先短い婆を娶《めと》ればいいんに……」

苦悩に満ちたその呟きに、誰も言葉を掛けることができなかった。

3

翌朝早朝。

空洞淵と綺翠の二人は、山頂の社へ向かっての登山を開始した。清澄な空気を肺一杯に取り込み、大変に心地のよい一日の始まりではあったが、これから数時間山道を登り続けなければならないと思うと、何とはなしに気が重い。

対して傍らを歩く綺翠は、いつもどおりの無表情で淡々と歩みを進めている。相変わらず汗一つ掻《か》いていない。たまに本当に人形が動いているだけなのではないか、と訝《いぶか》ってしまう。

「……どうかした？」

綺翠はちらと空洞淵を見やり、問い掛ける。その視線にはどこか非難めいた色が混じっている。おそらく巫女の直感で空洞淵が失礼なことを考えていることを見抜いたのだろう。紛れもなく隣を歩いているのが人形ではなく人間であることを確信し、どこか安《あん》堵《ど》する。

「ごめん、何でもないよ。ただ綺翠はいつもどおりだなと、感心してただけさ」

「……そう？　それならいいけど」綺翠はわずかに口の端を曲げる。「空洞淵くんは、いつもより元気がなさそうに見えるわ」

「これから往復半日の山旅を思えば、今から元気を出してると身体が保《も》たないからね」

「途中で疲れたら、私が負ぶっていってあげるから安心してね」

「……さすがにそれは男として情けなさ過ぎるから、最後まで頑張るよ」

綺翠の底なしの体力に戸惑いながら、空洞淵は一歩ずつ着実に歩みを進めていく。

少しでも気を紛らすために、頭の中で軽く現状を整理する。

昨日は一日、聞き取り調査に精を出したが、結局、十和婆様から得られたもの以上の有用な情報を得ることは叶《かな》わなかった。最終的には、山頂の社くらいしか明確な目標が見つからなかったため、本日こうして山登りをしている次第だ。

ちなみに花喃は村に置いてきた。いざというときに綺翠が守りきれないためだ。このあたりは、穂《ほ》澄《ずみ》を留守番にした理由と同様だった。あるいは、山頂の社でミズチ様と直接対決になるやもしれないというのだから、それも致し方ない。

山頂までの道程は、定期的に往来がある都合か、ある程度綺麗に整えられており、村へ来るときの山道と比べたらよほど歩きやすく、空洞淵としても助かった。おそらくミズチ様を怒らせないようにと、念入りに手入れがされているのだろう。

山頂の社へは、通常婚礼の儀式のとき以外は行ってはならないという取り決めがあるらしいので、空洞淵たちが向かっていることは内緒だ。なので本日の彼らの表向きの予定としては、村の周りの散策ということになっている。村を出るとき、冬籠もりまえの熊《くま》に注意するように、と念押しされて、空洞淵は大変動揺したが、綺翠はいつもどおりケロリとしていたので、おそらくあまり気にしなくても大丈夫なのだろう。……大丈夫なのだと、信じたい。

途中で適宜休憩を挟みながら、山道を進む。秋の山は、黄葉の影響もあり、驚くほど色彩豊かだ。原色の絵の具をぶちまけたような、ある種のサイケデリックな現代アートにも通じる光景に、空洞淵は目《め》眩《まい》すら覚える。また落葉が昆虫や微生物によって分解される独特の臭《にお》いも周囲に漂っている。踏みしめる土も部分的にふかふかと軟らかく、まるで山全体が一つの巨大な生物のようにも思えてくる。

自然循環の完結したシステムという意味では、その想像も決して間違いではないのかもしれない。ミズチ様と村人から恐れられている〈神ではない何か〉も、その一環を担《にな》っているのだろうか。

そんな余計なことを考えていたら、道端に自生していた柊《ひいらぎ》で頬を少し切ってしまった。すぐに綺翠が気づいて足を止める。

「ちょっと空洞淵くん。気をつけて歩きなさいよ。傷が残ったらどうするの」

懐《ふところ》から取り出した手ぬぐいで、傷を軽く拭《ぬぐ》ってくる。何だか子ども扱いされているようで、少し気恥ずかしい。

「かすり傷だし大丈夫だって」

「駄目よ」ぴしゃりと綺翠は否定する。「傷が化膿《かのう》したら大変なんだから。それに柊は『鬼の目突き』とも呼ばれているのだから、今みたいにボーッと歩いて目にでも入ったら大事《おおごと》よ。私は空洞淵くんが怪我《けが》をするところなんて見たくないから気をつけて」

そこまで言われてしまっては、空洞淵としても大人しく従うしかない。自分のことを思って苦言を呈してくれる人なんてこれまでほとんどいなかったから、それはそれでやはり少し気恥ずかしくはあったけれども。

とにかく山頂に近づくにつれて、柊の自生が多くなってきているようなので、綺翠の言うとおり余計なことを考えて歩くのは止《よ》そうと、思い直す。

しばらく手近な岩に腰を下ろして休んでいると、あら、と綺翠が声を上げた。何かを見つけたらしい。立ち上がり、彼女の元まで歩み寄る。

「どうかした？」

「見て」

綺翠は屈《かが》み込んで草むらを指さしている。空洞淵の位置からではよく見えないので、彼女のすぐ隣まで移動して同じように屈み込む。

するとそこには、生い茂る雑草に囲まれた小さな石の塊が置かれていた。その石は、表面がゴツゴツしていたが、明らかに自然物という感じではなかった。おそらく誰かがここにこの石を置いたのだろう。しかし、いったい何のために——？

眉を顰める空洞淵だったが、綺翠はどこか嬉しそうに口元を緩めた。

「これは道具塚よ」

「道具塚？」

聞いたことのない言葉だった。

「道具塚というのは、使い終わったり、あるいは壊れて使えなくなってしまった道具を供《く》養《よう》するためのお墓みたいなものよ。森羅万象、あらゆるものには魂が宿っているという思想のもとで、役目を終えた日常で用いる道具への感謝を捧《ささ》げるために作られるの。最近はそういった考え方も下火になって来たからあまり見なくなってきたけど……きっとこの辺りの人たちは、ミズチ様を信仰する上で、他の神様も大切にしようと信心深くなったのね。神に仕える身としては、こうしたものを見ると少し嬉しくなるわね」

「へえ……。針供養とかそういった類《たぐい》のものかな？」

「まさにそうね。他にもお鍋《なべ》だったり、包丁だったり……。とにかく使い終わった日用品への感謝を忘れないように建てるのが、こうした道具塚ね。森羅万象に魂が宿っているものだから、道具以外にも色々面白い塚があるのよ。たとえば、人形を供養する人形塚とか、あるいは農業の過程で命を落とした虫を供養する虫塚とかね」

「――虫塚」

何故か妙に気になって、反復する。

現代人である空洞淵はつい忘れがちだが、あらゆる概念に魂を見《み》出《いだ》した、古来続く日本特有の文化なのだろう。せめて感謝の心は忘れないようにしようと、空洞淵は心構えを改める。

途中で食べようと懐に入れておいたお菓子を塚に供え、二人並んで手を合わせてから、山登りを再開する。よい息抜きのおかげで空洞淵も元気になった。婚礼の儀まで時間がなく、一昨日から気持ちばかり焦っていたので、久方ぶりに心に余裕を持たせることができた気がする。

幸いなことに熊などの大型の獣と遭遇することもなく、昼まえには山頂に到着した。

肩を上下させながら、呼吸を整え、周囲を見回す。

山頂は平らに均《なら》され、木々の生えていない空間には事前に聞いていたとおり、ぽつりと社が建っていた。申し訳程度の鳥居が設《しつら》えられていなければ、ただの避難小屋のように見えてしまう。ただし、朽ちている様子などはなく、やはり社のほうも定期的に整えられているようで、見た目にも美しく品がある。

ミズチ様の棲まう社、という話ではあるのだが……実際のところどうなのだろうか。本当に内部には、ミズチ様が奉《たてまつ》られているのだろうか――。

綺翠のほうを窺ってみると――彼女は、どこか緊張した面持ちで、荷物を地面にそっと置くと、腰に帯びた白鞘小太刀の柄《つか》に手を添えた。いつでも抜刀できるように。それはつまり、臨戦態勢であることを意味する。綺翠は短く告げる。

「……離れて」

慌てて空洞淵は、綺翠から距離を取る。三歩ほど離れたところで、どこからともなく低い声が響いた。

「――客人とは珍しい。随分と殺気立っておるようじゃが……。偶然ここへ辿《たど》り着いた旅の者であるならば、見逃してやろう。妾《わらわ》は寛容ゆえ、人の子が無知であることを咎《とが》めぬ。疾《と》く去るがよい。だが、妾をこの山の神ミズチと知っての狼藉《ろうぜき》であれば容赦はせぬ……その臓物をバラ撒《ま》いてくれようぞ」

綺翠は、緊張をはらんだ声で答えた。

「……あなたがミズチ様ね。村のみんなが迷惑しているので、ちょっと花嫁を娶るのを止めていただけないかしら。あわよくば、この山から出て行ってくれるとありがたいのだけど」

綺翠の凛《りん》とした言葉が、人の姿の見えぬ頂に響く。

しばしの沈黙。直後、破裂するような笑いが轟《とどろ》いた。

「ククッ……ハハハハ！　よう言った！　よう言ったぞ、小娘！　この幾星霜、妾に牙《きば》を剝《む》く者なぞ現れなんだ！　久方ぶりに血が昂揚《こうよう》するぞ！　大言大いに結構だが、力が伴わねば何の意味もないぞ。どれ、ちぃと遊んでやろうか」

空気が、変わった。

「神の怒りを、その神威を。身を以《もっ》て味わうがよい！」

バタンと。

観音開きの扉がひとりでに開いた。社の内部、漆黒の闇《やみ》の向こうから、ゆらりとそれは姿を現す。

「……っ！」

空洞淵は思わず息を呑む。

社から現れたのは、巨大な蛇の怪物でも、全身に鱗《うろこ》の生えた筋骨隆々の巨漢でもない。

なんとそれは、小柄な少女だった。

年の頃は十歳前後か。橙《だいだい》掛かった黄色の着物を纏《まと》った、童女と呼んでも差し支えのない一見して愛らしい少女だった。

ただし、空洞淵が息を呑んだのは、その愛らしさからではない。

少女の額には、二本の角のような突起が生えていた。

――鬼。

空洞淵の脳裏に、そんな考えが過《よぎ》る。

鬼とは、強大な力を持った恐ろしい怪異である。元来、『鬼《キ》』という字は、死者の魂を表していたが、漢字が大陸から日本に伝わり、その後様々な意味合いが付与され、現在の様態に転化していったと言われている。

額から角を生やした悪《あ》しき存在――。

時代により様々な特徴が付与されていったが、究極的なことを言えば、それは恐怖、あるいは暴力の擬人化である。

もしも目の前の童女が、そう言った概念を内包する〈根源怪異〉なのだとしたら――。

果たして、人の身である綺翠にどうにかできるのか。

鬼の童女は、ただ何気なくそこに立っているだけだというのに、禍々《まがまが》しい雰囲気を纏っている。霊感のようなものをまるで持ち合わせてないはずの空洞淵でさえ、思わず息を呑むほどの――。

　これが、村を支配する怪異の正体なのか。

　しかし、どこか違和感が残る。

　険しい表情で、綺翠は無言のまま、小太刀の鯉口《こいぐち》を切る。

　僅かに覗《のぞ》いた刀身が、陽光に煌《きら》めく。

　ほう、と鬼の童女は息を漏らす。

「小娘……。貴様、ただの旅人ではないな。巫女――〈金色《こんじき》の賢者〉に連なる者か」

　綺翠は答えない。隙《すき》を見せず、重心を落としていつ飛び掛かられても対応できるようにと身構えている。

　鬼の童女が、ニィ、と口の端を吊《つ》り上げた。

　次の瞬間――。

　激しい金属音が周囲に響き渡る。綺翠と鬼は、瞬《まばた》きをするほどの刹那《せつな》で、刃《やいば》とその鋭い爪《つめ》とを交えていた。

　あらゆる怪異に対して、絶対的な優位性を持つ霊刀――御巫影断《みかなぎかげたち》を易々《やすやす》と受ける強靭《きょうじん》な爪。それだけでも、鬼という怪異が規格外の存在であることを思い知らされる。

　鍔迫《つばぜ》り合いのような接近戦の中、綺翠はぼそりと呟く。

「――祓《はら》へ給《たま》へ、清め給へ。守り給へ、幸《さきは》へ給へ」

彼女の言葉に応《こた》えるように、周囲の空気が荘厳な気配を漂わせる。

おおっ、と歓喜にも似た声を漏らし、鬼は飛び退《すさ》る。

綺翠の手の霊刀が、日の光を浴びて尚《なお》、輝きを増していく。

御巫影断は、綺翠の祝詞《のりと》によりその真の力を解放する。

「――恐《かしこ》み恐《かしこ》みも白《まを》す」

改めて、霊刀を正眼に構える。霊刀の覚醒《かくせい》と呼応するように、綺翠の気配もまた人成らざるモノに近づいていく。

嬉しそうに鬼は哄笑《こうしょう》する。

「くはははは！　面白いぞ、小娘！　人の身でありながら、神を纏おうとはな！　しかし不遜《ふそん》こそ人の業《ごう》よ！　構わぬ、存分に余所の神の威を借りて――」

上機嫌に口上を述べる鬼を完全に無視して、綺翠は瞬歩で距離を縮め、鬼の頭頂部に容赦なく唐竹割りを振るった。

ゴチン、というおおよそ刀で人を斬《き》りつけたとは思えない硬質な音と共に、「あいたぁ！」という鬼の悲鳴が響いた。

鬼は頭頂部を両手で押さえながら、涙声で叫ぶ。

「口上の途中じゃろうが！　貴様は鬼か！」

「鬼はあなたよ」

「知っとるわ！」

真剣勝負の途中とは思えないやり取りではあるが、覚醒した霊刀の一撃でも大したダメージを与えられないというのは異常だ。明らかに怪異としての次元が違う。

綺翠の表情もより一層険しくなり、次なる一撃を放つために重心を下げて——。

そこで空洞淵はようやく違和感の正体に気づき、慌てて二人の間に身を躍らせた。

「綺翠、待ってくれ！」

「——っ、空洞淵くん⁉」

珍しく動揺の声を零《こぼ》す綺翠。まさか怪異との戦闘の途中で空洞淵が割り込んでくるなどとは思ってもいなかったことだろう。

そしてそれは鬼も同様の様子で、興味深そうに空洞淵を見つめながら動きを止めた。

「どういうつもりじゃ？　妾の享楽を邪魔立てするとは……貴様、死にたいのか？」

「空洞淵くん、危険だから下がって！」

鬼の童女と対峙《たいじ》する空洞淵の腕を、綺翠は必死の様子で引く。しかし、空洞淵は変わらずいつもの口調で告げた。

「この諍《いさか》いには何の意味もないと思ったので、止めさせていただきました。こちらにあなたを害する意図はありません。どうか矛《ほこ》を収めてください」

「空洞淵くん、何を言って——」

理解できないというふうに腕を引く綺翠をチラと見やってから、空洞淵は真っ直ぐに鬼の童女を見つめて告げた。

「そもそもあなたは――ミズチ様ではありませんね？」

「ミズチ様では……ない？」綺翠の腕を引く手が止まる。

鬼の童女は、興味深そうに口元を歪めて笑った。

「何故そう思う？　妾が女だから、村娘を孕ませるのがおかしいと？　妾は強大な力を持つ怪異じゃぞ？　人間の尺度で判断するのは些《いささ》か浅慮ではないか？」

「確かにそれも引っ掛かるところではあるのですが……重要なのはそこではありません」

目の前の鬼は、愛らしい容姿をしているが、それでも綺翠に匹敵するほど強大な力を持つ怪異だ。あるいは、次の瞬間には気まぐれに殺されてしまうかもしれない。

それでも細い糸を手繰るように、空洞淵は論理を、推理を語る。

「――ミズチ様は、百年まえこの地に村ができたときから、村の女性を身籠もらせ死に至らしめています。しかし五十年まえ、法師が現れたことにより状況は変わりました。ミズチ様は毎年一人だけを花嫁に選び、こちらの社まで連れて来させた後、死後に遺体を丸呑みして骨だけを残すと言われています。……しかし、よくよく考えるとこれは奇妙です」

「何がおかしい？　妾の寛容さと残酷さを示すよき逸話ではないか？」

「いえ、残念ながらそれは違います」

　鬼の言葉を否定して、空洞淵は続ける。

「そもそも根本的な怪異の性質が異なるのです。いいですか？　神の子を身籠もらせてその後死亡させる、というのはまあ、罰という解釈で理解できます。しかし、五十年まえから生まれた、死後遺体を丸呑みするというのは意味がわかりません。ミズチ様が人間を食料として捉えているのであれば、そもそも神の子を身籠もらせて殺すなんて回りくどいことはせずに、ただ村人を襲えばいいだけなのですから」

「言われてみれば……確かにそうかも」

　片手に小太刀を提げながらも、綺翠は不思議そうな顔で首を傾げた。

「最初は、生きている人間が食べられない、もしくは神の子を身籠もらせた状態に嗜好《しこう》があるという可能性も考慮しましたが、すぐにそれも棄却しました。何故なら、少なくとも五十年まえ以前の伝承では、ミズチ様が人を食べるという話が出なかったからです。当時の状況を知っている方からも、そのような話は聞いていません。つまり状況から察するに、この性質は法師が関与したあとに生まれたと考えるのが妥当です」

　推理を語る内に少しずつ恐怖心も気にならなくなってくる。こういうとき、自分の鈍感さをありがたく思う。

「では、五十年まえを境にして、何故ミズチ様は人間を食料として捉えるようになったのでしょうか。僕は怪異には詳しくないので専門的なことはわかりませんが……この場合、怪異が新たな性質を獲得した、と考えるよりも、そもそも別の怪異が関わっていると考えるのが自然ではないでしょうか。つまり、百年まえから村の女性を身籠もらせているミズチ様と呼ばれる怪異と、五十年まえから社で花嫁を迎えている怪異——つまりあなたは、別の存在なのではないか、と僕は考えました」

ほう——、と興味深そうに鬼は片眉を吊り上げた。戦闘意欲よりも、空洞淵の話のほうに興味を持たれたのだとしたらありがたい。

「そして村の伝承では、この地は元々ミズチ様のものであったとされています。おそらくミズチ様は、この山の環境を気に入って住処《すみか》としたのだと思いますが……。しかし、だとしたら尚のこと、鬼であるあなたがミズチ様であるとは考えにくいのです」

「何故じゃ？」

「この山には——柊が多数自生しているからです」

その言葉に、綺翠が小さく息を呑んだ。

柊には魔除《まよ》けの効果があり、鬼がそれを嫌うことはあまりにも有名な話だ。彼女が〈鬼〉と呼ばれる怪異に分類される以上、『柊を苦手とする』という人口に膾炙《かいしゃ》した弱点は、容易には克服できないはずだ。まして人々の認知の影響が大きい〈幽世〉ならばなおさらだろう。

「つまり、鬼であるあなたが好んでこの山に住み着くとは考えにくい。従って、伝承に謳《うた》われるミズチ様と呼ばれる存在とあなたはまったくの別人であると考えることができるのです」

「でも、空洞淵くん。もしそうだとしても、あなたが身を挺《てい》してこの戦いを止める理由にはなってないと思うけど」

　どこか非難するような口調。おそらく無茶をしないという綺翠との約束を破ったことを咎めているのだろう。空洞淵はゆっくりと首を振った。

「この鬼がミズチ様ではないとしたら、次に出てくるのは、彼女はいったい何者なのか、という問いだ。そしていったい何故彼女は、ミズチ様を名乗っていたのか……。それを考えたとき気づいたんだ。ひょっとしたら、彼女は被害者なんじゃないかって」

「……被害者？」

「柊を苦手とする鬼が、柊が多数自生するこの山を好んで住処にするとは考えにくい。しかし、実際に彼女はこの社に住み着いているように見える。ならば、何らかの強制力によってここに住まわされていると考えるのが妥当だ。では、鬼のように強大な力を持つ怪異に強制力を与えられる存在とはいったい何か——そう考えたとき、ある展開が思い浮かんだ」

「――なるほど、月詠ね」

「まさしく」空洞淵は頷いた。「おそらくこの鬼は、五十年まえに月詠によって無理矢理この土地に縛り付けられたんだ。きっとたまたまこの山に迷い込んでしまったか何かで徘徊《はいかい》していたところ目を付けられたんだろう」

「でも、何のためにそんなことを……？」

「たぶん、〈ミズチ様〉という怪異に、実体を与えるためだと思う」空洞淵は考えながら可能性の高い仮説を語る。「一昨日、綺翠は言っていたよね？　少なくともこの土地に神様はいないって。でも、村の人たちは〈ミズチ様〉という存在を神と信じて疑っていない。その根底には、女性が妊娠させられるという怪異に対する恐怖が存在しているからなのだろうけど……。月詠はたぶん、存在しない神による祟《たた》りを意図的に操作するために、確たる実体を必要としていたんじゃないかな」

「祟りを意図的に操作する……？」

「そう。これは僕の完全な思いつきなんだけど……。現状の、一年に一人だけが花嫁に選ばれる、っていう伝承は、月詠が作り出した〈感染怪異〉なんじゃないかな」

　五十年まえ、白銀の法師がミズチ様に話を付けて、それまで制限なく取っていた花嫁を、年間一人だけに限定した。だが、実際にミズチ様という神様は存在していない。少なくともそれまで村に被害を与えていたのはまったく別の怪異、もしくは現象と考えるのが自然だ。にもかかわらず、それ以降は法師の言ったように年に一人だけが花嫁に選ばれることになったのだとしたら——そこで新たな〈感染怪異〉が発生したと考えるのが妥当だろう。

〈感染怪異〉の対象は人に限定されない。つまり、村人の認知を操ることで、新たな〈感染怪異〉を生み出すことは可能ということになる。

「でも、月詠の作り話を村人に信じてもらうためには、それなりの担保がいる。そこで、それまで実体のなかった〈ミズチ様〉に仮初めの実体を与えることにしたんだ。人々の前に姿は曝《さら》さなくとも、実在するのとしないのとでは、存在感が違うからね。存在感を村人が認識すれば——少しずつでも、認知を操って祟りの性質を操作できるはずだ。もちろん、月詠がいったい何のためにそんなことをしたのかまではわからないけど……」

　そこで一旦言葉を切り、空洞淵は綺翠と鬼を改めて見やる。

「つまりこの鬼は——当時何らかの理由によりこの土地に足を運んでいただけの被害者だ。だから、この場で二人が争う理由はないし、ましてや二人が傷つく必要もない。それに、もしも鬼が人に害を為《な》すような怪異だったら、村で何かしらの噂になっていてもおかしくないのに、そういった話は一切聞かなかった。だからたぶん……この鬼はそう悪い怪異じゃない」

　確信こそなかったが、直感的にこの鬼が人に対して友好的な存在なのだと思った。だからこそ、綺翠も鬼も傷ついてほしくなくて、空洞淵は二人の間に割って入ったのだった。

綺翠は呆《あき》れたような顔で空洞淵を見つめていたが、やがて諦《あきら》めたようにため息を吐いて小太刀を鞘《さや》へ戻した。

「――相変わらず、よくもまあ、そうくるくると頭が回るものね。多分に想像で補完されているけれども、私は空洞淵くんの論理を信じるわ。……でも、こういう危ないことはできればもう二度としないでね」

「……はい」

どこか冷たさすら覚える言葉に、空洞淵はただ頷き返すことしかできなかった。

「――大したものじゃの」

そのとき鬼の童女は、驚いたように目を丸くして空洞淵を見た。

「久しく妾とまともに会話しようなどという輩《やから》は現れなんだから、ちと無聊《ぶりょう》を慰めようと調子に乗っただけで、主らをどうこうするつもりは初めからなかったのじゃが……そこまで的確に妾の身の上を言い当てられると妙な心持ちじゃな。主、名は何と申す？」

「僕は空洞淵霧瑚《きりこ》と言います。こちらは、巫女の御巫綺翠です」

「ふむ。霧瑚に綺翠か。よい名じゃ」

満足そうに鬼は頷いた。

「妾は、槐《えんじゅ》と名乗っておる。どうせ暇な身じゃ。一席設けてやろう。ついて参れ」

驚くほど無防備に背を向けて、鬼――槐は社へ戻っていく。

顔を見合わせる空洞淵と綺翠。今ひとつ意図は読めなかったが、何か策を巡らせる類の怪異とも思えず、とりあえず二人は言われるまま付いていくことにする。

社の中は、本当に避難小屋のようだった。明らかに人が住むことを前提として設計されている。所謂《いわゆる》、神を奉るための施設という感じはしない。おそらく、槐が住み着くようになってから、社の内装も変わっていったのだろう。

三和土《たたき》で草鞋《わらじ》を脱いで、板の間に上がる。座布団もない床に、槐はどんと腰を下ろした。何故か片手には巨大な徳利を持っている。

「人の子がよく酒を供えてくれるんじゃが、いい加減一人酒も飽き飽きしておってのう。よい酒だけに、一人で飲むのが些か惜しい。肴《さかな》はないが、主らも付き合え」

どこからともなく取り出した、漆器の杯を床に並べて酒を注いでいく。

相変わらず意図が読めなかったが、綺翠がすんなりと杯に手を伸ばしたので、危険はないのだろうと考え、空洞淵もそれに続く。もしかしたら綺翠はただ酒が飲みたかっただけなのかもしれないが……いや、そんなはずはない。

杯を傾け、「くぅー！」などと人間くさいうめき声を発しながら無造作に口元を拭う鬼の童女に、空洞淵は尋ねる。

「ええと……槐さん？　これはいったい……？」

「『さん』などいらぬ」煩《わずら》わしそうに槐は手を振る。「畏《かしこ》まられるのも苦手じゃ。神の真《ま》似《ね》事《ごと》なぞ続けたせいで、すっかり肩が凝ってしもうたわ。普通に話せ。許す」

　少なくとも数百年を生きている怪異に対して、ぞんざいな態度を取るのも憚《はばか》られるが、本人がそれを望むのであれば致し方ない。空洞淵は改めて尋ねる。

「……これはいったいどういった催しなんだい？」

「先ほど言ったとおりじゃ。一人酒に飽きたから、主らを付き合わせているだけのこと。大した意味なぞないが、まあ、肴代わりにちと小話でもしてやろうと思っての」舌なめずりをして、再び徳利から酒を注ぐ。「主の考えどおり、妾はただの鬼じゃ。ミズチ様などという得体の知れぬ神ではない。第一、先ほどちらと言ったが、妾は女ぞ。なにゆえ村の小娘どもを孕ませねばならん。やってできんことはないかもしれんが、甲斐《かい》がないわ。妾がミズチ様なら、毎年村の美少年を生《い》け贄《にえ》に要求しておる」

　どうやら素直に見た目から論理を展開していっても問題なかったらしい。もっとも、今回ばかりは石橋を叩《たた》いて渡る空洞淵のやり方が奏功したようだったが。

「元々妾は、風来坊での。当て所もなく、世界中を彷徨《さまよ》っておった。突然、こんなわけのわからん世界へ連れて来られて最初は腹立たしくも思ったが、ふらふらしてみれば思いのほか快適での。争いもなく、飢えもない、まさに太平の世じゃ。元の世界よりよほど過ごしやすいと気に入っておったのじゃが……」

　そこで杯を呷《あお》り、鬼は深いため息を吐く。連れて来られた、ということは、やはり槐は〈根源怪異〉のようだ。それほど歴史のある怪異なのであれば、綺翠の一撃を易々と受け止めたのも頷ける。

「あるとき旅先であの女狐《めぎつね》――〈白銀の愚者〉と出会っての。この土地の話を聞いたのじゃ。何でも、〈幽世〉随一の米所で大層美味い酒があると。妾は喜び勇んでこの地へ足を運んだ。思えば……そこからして、彼奴《きやつ》の罠《わな》だったわけじゃが」

　忌々《いまいま》しげに鬼は口を曲げた。

「山に入ってすぐは、土地が肥沃《ひよく》ゆえ食うものに困らぬと喜んでおった。山のこちら側は多少人の手が入ってしまっておったが、向こう側は手付かずで稲、稗《ひえ》、粟《あわ》が無数に自生しておるのじゃ。ところが困ったことにそこかしこに柊も自生しておっての……。妾は鬼ゆえ、近づくこともままならん。どうにかして山を抜けだそうと四苦八苦していたところで……ようやくあの村を見つけた」

「あの村――神籠村だね」確認する空洞淵。

「うむ。あれが噂に聞きし米所かと期待して覗いてみたら……村の小娘どもが神の子とやらを孕んでおったのじゃ」

「つまり、あなたは村の一件には、本当に一切関わっていないということ？」

酒杯を傾けてから、綺翠は尋ねた。

「小娘を孕ませる件にはな。大方、村に間男でもおって、神の子を孕んだ云々《うんぬん》と世迷《よま》い言《ごと》を抜かしておるんだろう、と、妾は気にも止めていなかったのじゃが……どうにもきな臭かったので、妾のせいにされても敵《かな》わぬと早々に村から離れることにした」

ぐびぐびと、槐は次から次へと杯を空けていく。鬼は酒が強いという話を聞いたことはあったが、どうやら事実らしい。

「ところが、いくら彷徨い歩いてもなかなか山から出られん。いい加減妾も我慢の限界で、いっそ力ずくで地形を変えてやろうかとさえ思っていたところで……突然再びあの女狐が目の前に現れた。彼奴めは『奇遇ですね。よかったら、神様やりませんか？』などと抜かして、こちらの返事も待たずいきなり怪しげな術で、妾をこの土地に縛りつけた。……あとは霧瑚の考えどおりじゃ。以来、やむなく妾は、ミズチ様とやらを演じておる」

実体を持たなかった〈ミズチ様〉が、仮初めの実体を持ったことにより、新たな感染怪異が生み出された——。実際に槐が感染怪異によってミズチ様に変容しなかったのは、おそらく彼女が歴史ある根源怪異であったからだろう。さすがに数百年を生きた鬼を別の怪異へと変容させるには、村中の認知を集めたとしてもまだ足りないだろう。

「じゃあ、やっぱり槐は五十年近くここでミズチ様を演じてるんだね。その間で何か気になることはなかったかな。たとえば、妙な怪異を見たとか」

「生憎《あいにく》じゃが、こんな秘境では妾以外の怪異すらそうそう見掛けぬ。神に類する怪異などおったら、是非とも力試しをしてみたいと常々思うておるが……。あるいは、本当にどこかに神が隠れておるのかも知れぬが、細かいことは妾にもわからん」

　ミズチ様に類する何者かの新たな情報が手に入るかと思ったが、残念ながらそう都合よくはいかないようだ。しかし、そうなるとますます村の娘たちを孕ませているものがわからなくなる。

　ミズチ様と同様に、実体を持たない特殊な感染怪異なのか。それとも、まったく別種の現象なのか。

「妾はただ、神の真似事をしながら、人の子からよい酒を献上してもらい、そのお返しに小娘共の世話をしているに過ぎぬ」

「娘たちの世話？」思いも寄らない言葉に、空洞淵は首を傾げた。

　そうじゃ——と槐はまた杯を空けた。

「毎年秋になると、ミズチ様の花嫁に選ばれたという小娘がこの社まで連れて来られる。概《おおむ》ね小娘どもは、一人ではロクに動けぬほど衰弱しておるのでな。放っておくのも忍びないと思い、この社で妾が何くれと世話を焼いてやっているわけじゃ。まあ、皆すぐに血を吐いて死ぬのじゃが……こんな山奥に一人捨てられては、寂しかろう。妾はその一時の無聊を慰めてやり、死後は骸《むくろ》を焼いて骨を壺《つぼ》に取っておいてやっておる。翌年、村の若衆が引き取りに来るのでな」

　死後は丸呑みにされて骨だけが残る――十和婆様が語っていた伝承の秘密が、意外な形で明かされる。

　つまりこの鬼は、ただ月詠に謀《たばか》られた被害者というだけではなく、不条理な孤独の中で死にゆくことを定められた娘たちの最期《さいご》を看取《みと》ってやった、言わば村の恩人のような存在ということになる。おそらく月詠は、槐の人のよさを利用するために彼女をこの一件に巻き込んだのだろう。

　槐ならばきっと、嫌々でもしっかりとミズチ様を演じてくれるものと信じて。

「どうしてあなたはそこまで人に肩入れするの？」綺翠は鬼に負けじと杯を傾けながら問う。「あなたの役割は、あくまでも神様を演じることだけでしょう？　それなのにどうして連れて来られた娘の世話までしてくれるの？」

「――大事ない」

　言葉どおり、本当に大したことではない、というふうに、槐はぞんざいに手を振る。

「妾はただ、人の子が、人の営みが嫌いではないだけじゃ。力も心も弱く、それでも懸命に生きようとする姿は、微笑ましくさえ思える。なればこそ、不条理な運命を背負わされた娘共が不憫《ふびん》でならない。足掻《あが》く機会すら奪われては、無念で成仏もできなかろう。

だから最期くらいは看取ってやったところで、バチも当たるまいて」

　連れて来られた花嫁たちは、槐のことをどう思っただろうか。初めは怖がったはずだが……最期にはおそらく感謝をして、逝《い》った。勝手な想像だが、きっとそうに違いないと思い、空洞淵は頭を下げる。

「——花嫁たちを看取ってくれて、本当にありがとう」

「お主は、村の人間でもなかろうに……変わり者じゃな」

　顔を上げると、満更でもなさそうに槐は苦笑を浮かべていた。

「それにしても」槐から酌をしてもらいながら、綺翠は話題を変える。「月詠はいったい何が目的で、こんなわけのわからない〈感染怪異〉を生み出したのかしら」

　結局、今回の騒動の問題点はそこに行き着く。

　何故、存在しない神を作り出してまで、毎年一人の花嫁という名の犠牲者を生み出しているのか。蛇神という概念はどこで生まれ、何故花嫁は蛇の夢を見るのか。月詠が村の娘たちに飲ませた白酒とはなんだったのか。

　そして何より——。

　花嫁の胎《はら》にはいったい何が宿っているのか。

　思考は堂々巡りを繰り返すばかりで、答えらしい答えも見つからない。

　気つけに、手を付けていなかった酒器を一息に呷る。喉《のど》から胃に掛けて、急激に熱を帯びる。おおっ、と槐は嬉しそうな声を上げた。

「よい飲みっぷりじゃ。どれ、酌を――む。もう終《しま》いか」

徳利の中を覗き込み、槐は至極残念そうにため息を吐いた。どうやら、槐と綺翠の二人でほとんどを飲みきってしまったらしい。その割には二人ともまるで酔いを見せていなかった。槐は懇願するように、空洞淵たちに上目遣いを向けた。

「……なあ、綺翠に霧瑚や。この先、たまにでいい。妾に酒を持って来て、こうして少し共に飲んではくれまいか。妾はもう、暇で暇で……」

「お断りよ」綺翠はいつもどおりの、感情を伴わない声で告げた。「ここまで来るのに、いったいどれだけの時間を費やしたと思ってるの。こんな僻地《へきち》、そうそう足を運ぶものではないわ」

「――まあ、当然じゃな」

残念そうに槐は目を伏せる。確かに綺翠の言うとおりだし、空洞淵としても正直勘弁願いたいところだったが、もう少し言いようというものがあるだろうとも思う。見ると槐が、まるで親犬に捨てられた仔犬《こいぬ》のように肩を落としている。さすがに不憫に思えて割って入ろうとしたところで、

「そんなことしないでも、あなたをこの土地の楔《くさび》から解放してあげるから、暇なら勝手に極楽街へ遊びに来なさい。神社まで顔を出してくれたら、晩酌の相手くらいはしてあ

げるから」

「……へ？」

　綺翠の意外な言葉に、槐は子どものように目を丸くする。

「お主……何を言っておるのじゃ……？　妾は、女狐めのせいで、この土地から離れられず――」

「私のこの〈御巫影断〉は、あらゆる怪異を断裂する霊刀よ」綺翠は、鞘に納められた愛刀を左手で示す。「でも、その対象は何も怪異だけではないの。不可視の概念、たとえば、霊的な契約などにも適応される。つまり、あなたがそれを望むのであれば、あなたとこの土地の関わりを、綺麗さっぱりなくしてしまうことも可能よ」

「本当か、綺翠！」

　目を輝かせて身を乗り出す槐。対する綺翠はいつもどおり落ち着いた様子で、ええ、と頷いた後、空洞淵を見やる。

「問題ないわよね？」

「そう、だね」

　空洞淵は少し考える。

　確かに月詠は、〈感染怪異〉を作り出すために、槐をミズチ様の代わりに立てたのだろう。だが、五十年が経過し、〈感染怪異〉がしっかりと根付いた今となっては、ミズチ様が実体を持とうが持つまいがもはや信仰には影響しないだろう。

強いて言うのであれば、花嫁に選ばれた娘がこの先、社で一人死を待つことになるのは不憫だが……そこは空洞淵が関知すべきことではない。いずれにせよ、現状のように槐だけが割を食うのは大変不合理だ。

「理屈の上では、彼女を解放しても問題ないと思う。僕個人の意見としても、望まずして五十年もこの土地に縛られた槐が不憫でならないし」

「霧瑚……！」

感極まったように声を震わせる槐だったが、すぐに何かに気づいたようにどこか控えめに続ける。

「……しかし、そもそも妾が嘘《うそ》をついているとは考えぬのか？　言葉巧みに、人に親切な怪異の振りをして、主らの力を利用しようとしているのかも知れぬぞ？」

確かに、その可能性は否定できないと空洞淵も思う。彼の所感では、紛れもなく槐は真実を話しているように思うが、あくまでも直感的な理解でしかなく、彼女が嘘をついていないという論理的な根拠はどこにも存在しない。

一瞬の沈黙の後、綺翠は僅かに口元を緩めて笑った。

「空洞淵くんがあなたを被害者だというのだから、私はそれを信じるだけだわ。よしんばあなたが本当は悪者なのだとしても、それならそれで、契約を破棄させたあとで、あなたを力尽くで退治すればいいだけの話だし」

そう言って綺翠は、片膝を立ててすらりと抜刀する。そのまま流れるような動作で、目には見えない〈何か〉を切った。

視界の一部が刹那、陽炎《かげろう》のように揺らめく。

残心の後、納刀して綺翠は再び床に正座をした。

「これであなたは自由よ。どこへなりとも行きなさい」

おおっ、おおっ、と槐は歓喜の声を発する。

「本当に、本当に妾はもう、ここに縛られなくてよいのか？」

「ええ、好きに生きなさい。ただし、人の迷惑になるようなことをしたら、容赦なく退治するからそのつもりでいてね」

辛辣《しんらつ》ながらも、どこか優しい口調の綺翠。空洞淵も思わず笑みを零す。

神籠村の伝承の秘密は、まだほとんど何もわかっていなかったが、五十年もの間村の問題に巻き込まれたこの憎めない鬼の童女が救われたのであれば、とりあえずよしとすべきだろう。

綺翠に泣きつく槐を眺めながら、空洞淵は何とはなしに満たされた気持ちになったのだった。

第四章

祭事

I

空洞淵《うろぶち》たちが山頂の社へ向かったその翌日。

神屋敷《かみやしき》邸は朝から何やら慌《あわ》ただしい様子だった。

二人だけの朝食を終え、連れ立って綺翠《きすい》と廊下を歩いていると花喃《かなん》と鉢合わせる。

「あ、お二人ともおはようございます」

「おはよう。昨日よりも賑《にぎ》やかなようだけど……何かあった？」

空洞淵の問いに、花喃はどこか言いにくそうに視線を泳がせる。

「その……実は婚礼の儀に合わせて、急遽《きゅうきょ》お姉様の衣装合わせが入りまして」

「衣装合わせ？」綺翠は意外そうに眉《まゆ》を上げた。「婚礼の儀まで間がないのでしょう？とうに終わっているものと思っていたけど」

「……ええ。衣装自体はとうにできていたのですが……。通常、ミズチ様の花嫁に選ばれた女性は体調不良で満足に動けなくなるので、周りの人間が勝手に色々進行させます。

ところが今回は、先生のお薬でお姉様が少し元気になったので、ならば衣装合わせもしてしまおう、という話になりまして……」

なるほど。空洞淵が介入したために起こった予定外のこと、ということか。紗那《さな》が多少元気になったのはよいことだが、結局ミズチ様の花嫁となって命を落とす運命自体は変わっていないので、あまり素直には喜べない。

すべて当事者の問題なので、その後のことに空洞淵が責任を感じる必要など本来はないのだが、それでも彼としては紗那に死んでほしくはないと思っている。婚礼の儀まであと四日ほど。どうにかそれまでに彼女に死を思いとどまらせる何らかのロジックを見《み》出《いだ》す必要があるのだが……ミズチ様の伝承についての答えらしい答えも見つかっていない現状、それも難しい。

「よかったら、私も何か手伝いましょうか？」綺翠が提案した。

「よろしいのですか？　巫女《みこ》様のお手を煩《わずら》わせるようなことでもないのですが……」

「何言ってるの。巫女は婚儀の専門家よ」

綺翠は軽く笑った。そういえば、〈幽世《かくりよ》〉ではほとんどが神前式になるのだから、御巫《みかなぎ》神社の管轄《かんかつ》になるのか。

「衣装合わせも何度も経験しているし、少しは役に立てるわ」

「でしたら……お願いできますか。さすがに急なことだったので、人手が足りなくて

「……」

申し訳なさそうに花喃は頭を下げる。

空洞淵も何か協力してあげたいところだったが、さすがに花嫁の衣装合わせで空洞淵ができることなど何もなさそうだった。

綺翠と花喃が足早に去って行ってしまってから、空洞淵は所在なく縁側に腰を下ろして待つ。

ここ数日はずっと動いてばかりいたので、こうして何もせずボーッとして過ごすのはかなり久しぶりな気がした。

整えられた秋の庭園をぼんやりと眺めていたところで、視界の隅に何か動くものを発見した。木の陰で何かがもぞもぞと動いている。狸《たぬき》でも迷い込んだのだろうかと、側《そば》にあった下駄を拝借して近づいてみると——。

「うわあ!?」

動いていた何かは、突然頓狂《とんきょう》な声を上げた。空洞淵も少し驚いて、そっと木の陰を覗《のぞ》き込む。するとそこには三人の子どもが尻《しり》もちを突いていた。どうやら急に近づいたものだから驚かせてしまったらしい。

「ごめんね、大丈夫?」

謝罪の言葉とともに空洞淵は手を差し伸べる。子どもたちはどこかばつが悪そうに顔を見合わせながらも、順番に空洞淵の手を取って立ち上がった。十歳前後の男の子が一人と女の子が二人。見知った顔だ。

「……先生」

男の子が怯《おび》えたように空洞淵を見上げた。神屋敷五兵衛《ごへえ》との約束どおり、空洞淵は村に来てから空いた時間に子どもたちに少し勉強を教えており、この子たちはその教え子だった。名前は男の子が竜司《りゅうじ》、背の高い女の子が美香《みか》、眼鏡を掛けた大人しそうな女の子が涼《りょう》だ。

「こんなところで何してるの？」

空洞淵が問い掛けると、美香が言いにくそうに答えた。

「その……紗那お姉ちゃんに会いたくて……」

「紗那さんに？」

「でも、ミズチ様の花嫁に選ばれたら、婚礼の儀式まで会えなくなるから……」

「……もしかして、それでこっそり忍び込んだの？」

再びの問い。三人は思い思いに頷《うなず》いた。なるほど、それで空洞淵に見つかって怒られると思って怯えていたのか。空洞淵は一つ息を吐《つ》く。

仕来りで花嫁と会えないのだとしたら、そのまま今生《こんじょう》の別れになってしまう子どもたちがあまりにも不憫《ふびん》すぎる。勝手に人の敷地に入ってきたことは、とても褒められたことではないけれども……そういった事情であるならばやむを得ないとも言える。何より、空洞淵は村人ではないし、この村の仕来りにも正直賛同はしていない。ならば、従う義理もないと苦笑して子どもたちの顔を見回す。

「……じゃあ、僕が事情を知らずに三人を招き入れたことにしよう」

「お、怒らないんですか……？」怖々といったふうに涼は空洞淵を見上げた。

「怒らないよ。きみたちが怒られるようなことをしたとは思ってないし。ただ、人のおうちに勝手に入っちゃ駄目だからね。もうこんなことしちゃいけないよ」

一応大人として最低限の注意はしておく。三人は素直に頭を下げて、ごめんなさい、と謝った。

それから三人を縁側に座らせて話を聞くことにする。

「紗那さんは離れにいるよ。今は忙しそうだけど、このあと少しだけなら会えると思う。僕も掛け合ってあげるよ」

「ありがとう先生！」

美香が嬉《うれ》しそうに言った。竜司と涼も顔を輝かせている。

「紗那さんとは親しいのかい？」

「うん！　私たち、小さい頃から紗那お姉ちゃんと花喃お姉ちゃんのお世話になってるの。文字を教えてくれたのも紗那お姉ちゃんなんだよ」

代表して美香が答えた。どうやら彼女が三人組のリーダーらしい。利発で物怖《ものお》じしない子だな、と空洞淵は感心する。

「みんな紗那さんのことが好きなんだね」

「うん、大好き！」満面の笑みで答えてから、美香はすぐに表情を暗くした。「……でも、紗那お姉ちゃんがミズチ様の花嫁に選ばれて……。大人たちはみんなおめでたいことだって言ってるけど……私は全然嬉しくない……。紗那お姉ちゃんに……いなくなってほしくないよ……」

同調するように、涼は何も言わず小さく肩を震わせる。竜司も鼻を啜《すす》った。

「……だから、せめて最後にちゃんとお別れが言いたくて、ここに来たんだ。見つかったのが先生でよかったよ」

「なるほど……」

事情を理解し、空洞淵は子どもたちに同情してしまう。

花嫁に選ばれた娘が隔離されるのは、人と会うことで未練が生まれないようにするためだろうか。花嫁に選ばれてしまった以上、村人との別れは不可避なのだから、そういった措置が取られるのも致し方ない。ただ、それを黙って受け入れるには、子どもたちはまだ幼すぎる――。

ならば、尚《なお》のこと紗那とはきちんと話をさせてあげなければならないと空洞淵は思った。どれだけ未練が生まれたとしても、人と人が対話を行えるのは生きている間だけなのだから。

頃合いを見計らい、空洞淵は三人を連れて庭園を歩いて行く。離れといえど、敷地内にあるのだから、庭園を進んでいけば辿《たど》り着ける。人の気配がする度に四人で木陰に隠れながら一路、紗那の元を目指す。忍者みたいだね、と涼が少しだけ笑った。

何とか家の人に見つかることなく、四人は離れまで辿り着いた。着替えの途中だったら申し訳ない、と思いつつ空洞淵は縁側の陰からそっと中を覗いてみる。幸いなことに、紗那は服を着ていた。おまけに今のところ室内には、紗那と花喃、そして綺翠の三人以外の姿は見えない。今が好機と空洞淵は美香たちを伴って顔を出す。

「その、ちょっとお邪魔してもいいかな」

「先生⁉　それに美香たちも⁉」

驚いて声を上げたのは、紗那だった。紗那は花嫁衣装なのか、白無垢《しろむく》を纏《まと》っている。とても綺麗だったが、紗那の儚《はかな》さから死に装束にも見えて、空洞淵は胸が痛くなる。

美香たちは、口々に紗那の名を呼びながら縁側を上っていく。空洞淵もそれに続く。

「ちょ、ちょっと空洞淵先生！」慌てたように花喃が悲鳴にも似た声を上げる。「駄目ですよ！　ミズチ様の花嫁は、外界との接触を極力断たなければならないと言われていて――」

「あ、そうだったんだ。村の仕来りがわからなくてごめんね。この子たちが紗那さんに会いたがってたから、連れてきちゃったよ」悪びれることもなく空洞淵は答えた。「まあ、せっかくだし少しくらいはお話させてあげてもバチは当たらないと思うよ。お互い、未練を残さないためにもね」

苦い顔をして花喃は黙り込む。誰よりもこの一件に未練を残している彼女だからこそ、何も言えないのだろう。もちろん空洞淵もそのつもりで言っている。卑怯《ひきょう》だとは思うが、この際仕方がない。

困ったような顔で三人を迎えた紗那だったが、子どもたちの悲しげな顔を見て、小さく息を吐いた。

「……三人とも言いつけを守らなければ駄目でしょう」

「ごめんなさい……」

「でも、会いに来てくれて嬉しいわ。もう……会えないと思っていたから」

紗那は儚げに微笑《ほほえ》んで床に腰を下ろした。多少元気になったとはいえ、身重の今立ち続けるのはつらいのだろう。慌てて花喃が子どもたちの分も含めて座布団《ざぶとん》を運んでくる。三人は紗那の前に並んで座った。白無垢が汚れないようにと、花喃は紗那の膝元《ひざもと》に薄手の羽織を掛けた。

しばしの沈黙。花嫁衣装の紗那を前にして感極まってしまったのか、美香たちは何も言えずに黙り込んでいる。

「――以前、同じようなことがあったわね」

過去を懐《なつ》かしむように、紗那は視線を僅《わず》かに上げて口を開いた。

「覚えてる？　夏の暑い日に、三人が大人たちに隠れて川遊びしようとしていたのを私がたまたま見つけて……お説教したの」

「……忘れるわけないよ」竜司が涙を堪《こら》えるように顔をしかめた。「いつも優しいお姉ちゃんに叱《しか》られて……びっくりして三人で泣いたんだから」

「私もまさか泣かれるとは思っていなかったから、正直戸惑ったわ」

紗那は優しげに微笑んでいる。

「でも、川に入ってはいけないという法師《ほうし》様との約束がある以上、年長者としてあなたたちを叱らないわけにはいかなかったの」

「……わかってる」美香が悲しげに頷いた。「あのあと、紗那お姉ちゃんは泣いてる私たちを優しく抱き締めてくれたもん。私たちのために叱ってくれたんだって、みんなわかってたもん……！」

「それならよかった」紗那は満足そうに頷いた。「ミズチ様との契約は、たとえ幼い子どもであったとしても軽んじてはならない――それがこの村の掟《おきて》だから。……でもね、実は私も幼いときに一度だけ、大人たちに隠れて花喃と一緒に川遊びをしたの」

悪戯《いたずら》を自慢する子どものように、紗那は小さく舌を出した。意外な言葉に空洞淵は驚く。てっきり紗那は小さい頃から、村の仕来りや大人たちの言いつけを守るいい子だったのだと思っていた。どうやら幼い頃はもっとおてんばだったようだ。ちらと花喃を窺《うかが》うと、彼女は気恥ずかしげに俯《うつむ》いている。

「結局そのときも大人たちにバレてしまって、ものすごく叱られたわ。だから、あなたたちには私と同じ思いはしてほしくなくて……私が代わりに叱ったの。あまり叱られすぎるのも可哀想《かわいそう》だものね」

知らなかった紗那の一面を知る。彼女は無闇《むやみ》にミズチ様との契約に従っているわけではないらしい。自分で考えた上で、それに従っているのだとしたら……説得の余地はある。

「……紗那お姉ちゃん」意を決したように涼が声を震わせて言う。「私……村のお姉ちゃんたちが毎年一人ずついなくなるの、もう嫌だよ……。ミズチ様は……神様なのにどうしてそんな酷《ひど》いことをするの……？」

「……っ」

さすがの紗那も言葉を詰まらせる。ミズチ様を軽んじるなと、涼を一喝することは簡単だろう。だがそれは、少女の心からの悩みを解決するものではない。じっくりと考えるように間を置いてから、紗那は答えた。

「……神様だから、よ。ミズチ様はとても強い力を持った神様で、この村をあらゆることから守ってくださっているの。その神威に与《あずか》る代わりに、毎年村人を一人ミズチ様に献上する――。そのおかげで村は繁栄できているのだから、そんなことを言っては駄目よ」

「でも、外の街は神様に守られていないのに平和だって……」

「その代わり水害や飢餓、あるいは疫病《えきびょう》の危険に常に晒《さら》されているわ。ちょっとしたことで、小さな村は簡単に滅んでしまうの。ある日突然、食べるものがなくなってしまったり、大切な人と急に別れなければならなくなってしまったら、あなたたちだってつらいでしょう？」

　紗那の言葉に、涼は小さく頷いた。

「ミズチ様はそんなありふれた不幸をなくしてくれているの。この村は、〈幽世〉のどの村よりも恵まれているわ。だから、悲しまないで。お姉ちゃんがミズチ様の元へ嫁いでいくことを喜んで」

「無理だよぅ……」いよいよ涼は涙声になる。「ごはんが食べられなくなっても、私はお姉ちゃんと一緒にいるほうがいいよ……お姉ちゃん、行かないで……」

「私もごはん食べられなくても我慢できるもん！」

「ぼ、僕も！」

三人は、わあ、と泣き出して紗那の膝に縋《すが》りついた。

「……みんな」

さすがの紗那も感極まったように声を震わせる。

子どもは正直で、そして時に残酷だ。いくら紗那が村のために自らを犠牲にする覚悟を固めていたとしても、それによって子どもたちが悲しむということを自覚してしまったら、迷わないはずがない。

空洞淵は何か言うべきだろうかと悩んだが、今この場で何を言ったところで美香たちの言葉には敵《かな》わないと思ったので黙っておく。

ちょうどそこで子どもたちの泣き声を聞きつけたのか、女中が現れ、秘密の面会は終了した。

泣きじゃくる三人をそれぞれ家まで送り届けた後、空洞淵が神屋敷邸まで戻ると、子どもたちを手引きしたよしで、たっぷり半刻《はんとき》ほど女中からお叱りを受けた。

残された時間はあまりにも少なかったが、悪いことをしたのは事実なので甘んじてそれを受け入れた。きっと自分の行動は、このお説教を受けるだけの価値があったのだと信じて——。

2

「今日は秋の収穫祭なんですよ。是非見学していってください」

翌日の朝食の席で、花喃は不意にそのようなことを言った。

花喃には、山頂での一件や、未《いま》だミズチ様の謎《なぞ》を解く鍵《かぎ》は見つけられていないことを伝えてあるはずだったが、それでも彼女は気丈に振る舞っている。昨日の一件もあり、応《こた》えていないはずがないのに……強い子だなと空洞淵はますます感心する。

空洞淵の薬が効いているのか、紗那の容態は今のところ安定しているようだ。ただ、あまり悠長なことをしていられる状況でもないため、彼女の感染怪異を祓《はら》うにせよ祓わないにせよ、村の秘密は早めに明らかにしたいところではある。せめて、紗那の感染怪異を祓っても、彼女の身体《からだ》あるいは村に、悪影響が出ないことがわかればよいのだが……。感染怪異の起こりが複雑なため、その詳細がわかるまであまり余計なことはしたくない、というのが綺翠と空洞淵の共通認識だった。

花喃の話によると、秋の収穫祭も例の白銀《しろがね》の法師から授けられた教え（つまりミズチ様との契約）が色々と残されているようなので、真相究明に何か役立つかもしれない。

気分転換も兼ねて、空洞淵は綺翠、花喃とともに収穫祭を見学しにいくことにした。

紗那はさすがに昨日の疲れが出てしまったのか、また離れで休んでいる。元々花嫁は収穫祭に参加をしない仕来りのようだ。彼女を一人置いて自分たちだけが収穫祭を楽しむのも気が引けたが、お気になさらず、と花喃に言われてしまったら、空洞淵もそれ以上は何も言えない。

　神屋敷の敷地から出ると、村は妙に浮き足立った様子だった。祭りと聞いて空洞淵が想像する、提灯《ちょうちん》が飾られ出店が立ち並ぶようなものではないが、何とはなしに村人は皆楽しそうな様子で準備を進めていた。

　収穫祭というのは、どうやら文字どおり米を収穫し、今年一年の豊作をミズチ様に感謝する祭りのようだ。村に来たときにはまだ張られていた田んぼの水は、いつの間にか綺麗に抜かれ土はすっかり乾いているように見える。

　村のあちらこちらに、以前にはなかった木で作られた柵《さく》のようなものが設置されていた。柵ははしごのように、一定間隔で横木が設《しつら》えられている。

「あれは何だい？」空洞淵は尋ねる。

「あれは、稲架《はさ》です。刈り取った稲を束ねてから、稲架に掛けてしばらく天日干しするんです。お天気にもよりますが、大体十日くらいでしょうか。そうすると、お米がすっごく美味《おい》しくなるんですよ」

　どこか嬉しそうに、花喃は答えた。

空洞淵がこの村に来てから、ずっとご馳走《ちそう》になっている米は、おそらく去年収穫した古米なのだろうが、それでも信じられないほど美味しい。そんな米を毎日食べているはずの花喃でさえ、これほどうっとりとするのだとしたら、新米はさらに美味しいということなのだろうか。

興味は尽きなかったが、さすがにあと十日もこの村に滞在するわけにはいかないので、残念ながら空洞淵がそれを口にする機会はおそらくない。

狭い畦道《あぜみち》には、少しずつ人が集まってくる。見るとほとんどが男性か、あるいは高齢女性のようだ。それ以外の女性は皆、田んぼに入り、収穫のときを待っている。

自分たちも何か収穫の手伝いをしたほうがよいのだろうか、とも思ったが、また花喃に、お気になさらず、と言われてしまった。通りすがりの旅人は祭事に関わらないほうがよいのだろう。ちなみに花喃も神屋敷の人間ということで、稲作の手伝いをしたことがなく、今さら手伝おうにも邪魔にしかならない、と笑った。もしかしたら、空洞淵たちに気を遣ってくれたのかもしれない。

村の中央広場には、背の高い櫓《やぐら》が組まれ、その最上部へ男衆が懸命に大太鼓を運び入れていた。重機のないこの世界では当然、人力による過酷な力仕事になるが、それでも皆、ねじり鉢巻きを着け、それ自体が祭りの儀式であるかのように声を上げ、楽しそうに作業を続けている。

太陽が頂点に達したとき——つまり、正午のタイミングで、ドォン、と大太鼓が鳴らされた。結構離れていたはずの空洞淵の心臓にもビリビリと響く快音だった。そこかしこで、おおっ、と歓声が上がる。まるで花火だ、と空洞淵もわくわくしてくる。

大太鼓が、一定のリズムで打ち鳴らされる中、稲の収穫が始まった。

鎌《かま》を手に稲を刈る者、刈り取られた稲を運ぶ者、稲をまとめて稲架に掛ける者、分業して作業が進むが、それを行っているのはすべて女性だった。稲作はすべての作業を女性が取り仕切っているらしい。おそらくこれも月詠《つくよみ》の教えなのだろうが、何か意味があるのだろうか。

ぼんやりと考えながら、収穫の光景を見ていると、

「——いい音ね」

不意に綺翠が呟《つぶや》いた。空洞淵は慌てて思考を中断する。

「太鼓の音かい？」

「ええ。張りがあって、おなかに響く、いい太鼓だわ」綺翠は少し嬉しそうだ。「太鼓ってね、今でこそ楽器のように扱われているけど、元々は祭具なの」

「祭具？」

「太鼓はね、神様に合図を送るためのものなの。ここにいますよ、って」

「ああ、なるほど」空洞淵はようやく合点がいった。「雲の上の神様にも届くように、

大きな音を鳴らしたんだね」

「そう。そして、太鼓の音を聞き届けた神様は、人間に合図を送る。これが雷鳴ね。雷神って、大体太鼓を背負ってるでしょう？　あれはきっと、太鼓の音から着想を得たのだと思うわ。おそらくこれらの神事の始まりは雨乞《あまご》いなのだと思うけど、いつしかお祭りと太鼓は切っても切れない関係になった」

雨乞い——つまり、太鼓を鳴らし、神様に、ここへ雨を降らせてください、と願ったのだ。雷鳴が返ってきたとき、そこには雨が降る。雷雲が近いのであれば、それは自明だ。もしかしたら、太鼓も雷鳴からヒントを得て作られたものなのかもしれない。

こうして、様々な自然現象が偶然と希望的観測により、神格化されていくのだ。

そこで空洞淵に、ふと新たな考えが浮かぶ。

あるいは、ミズチ様という神も、元々は何らかの自然現象が神格化した概念なのでは……？

しかし、女性が性行為を伴わずに妊娠することなど、あり得るのだろうか？

聖母マリアの処女懐胎などは有名だが、あくまでも神話の中の出来事であり、本来人間のような高等生物は、単為生殖を行わない。特に哺乳類《ほにゅうるい》は、遺伝子の都合で単為生殖ができない。クローン技術などを用いればそれも可能だろうが、この〈幽世〉でクローン技術が存在するはずもない。

確か、一部の蛇などは単為生殖を行うはずなので、蛇神とされるミズチ様とは何か関係があるのかもしれないが……そのあたりは情報不足だ。

性行為を伴わない妊娠といえば、最初に思い浮かぶのは、想像妊娠だ。心身症の一つとされ、妊娠を強く望むもののそれが得られない場合などに発生すると言われている。想像妊娠では、腹部に便や水などが溜《た》まることがあり、一見して普通の妊娠と区別がつかないこともあるという。また悪阻《おそ》などの妊娠症状も現れる。

現代では、エコー検査などですぐにその真偽は判明するが、〈幽世〉ではそれも望めない。ただ、想像妊娠の可能性は少ないと空洞淵は見ている。何故《なぜ》なら、少なくとも紗那は、強く妊娠を望んでいたわけではないからだ。前提からして、想像妊娠を発症する条件に当てはまらない。そもそも、かつては村に住む不特定多数の女性が神の子を身籠《みご》もっていたらしいので、想像妊娠が感染症のように伝播《でんぱ》するとも考えられず、この仮説は棄却せざるを得ない。

感染症――その言葉に、何かを閃《ひらめ》き掛けるが、すぐにそれは形のない泡沫《ほうまつ》となり弾けてしまう。今、いったい何を閃き掛けたのだろう――その思考は、打ち鳴らされる太鼓の轟音《ごうおん》により遮られた。

収穫作業は日がな一日続き、日が傾き掛けたところで、ようやくすべての作業が終了した。見守っていた男衆から、割れんばかりの歓声と拍手が沸き起こる。空洞淵たちも、衝動的にそれに続き、女性たちに称賛を送った。

その後は、中央広場に火が焚《た》かれ、飲めや歌えの大宴会が繰り広げられる。

大人も子どもも関係なく、今年一年の恵まれた収穫を喜び、神屋敷家により用意された豪華な食事に舌鼓《したつづみ》を打っている。

やはり当然のように米は美味《うま》いが、野菜や肉類も美味い。雉《きじ》に鶏、牛、猪《いのしし》、鹿《しか》と多種多様ながら、すべてが美味だった。土地が肥えているので、動物もよく育つのだろうか。興味があったので、村の人に色々と聞いてみたいところではあったが、今はみんな祭りを楽しんでいるようなので、水を差すのも悪いと思い、口を閉ざす。

村人は、客人が珍しいのか、親しげに声を掛けてくれた。特に綺翠の美貌《びぼう》はここでも注目の的になり、また彼女が実に美味そうに酒を飲むことが知れ渡ると、村人はこぞって彼女に酌をしにやって来た。綺翠は、表情を変えず、次から次へと注がれた酒を飲み干していく。その度に、大きな歓声が上がり、今や彼女は祭りの中心になっていた。相変わらずよく飲むと、空洞淵は呆《あき》れ半分に感心する。

空洞淵にもお酌がやって来るが、綺翠ほどは飲めないし、少し酔いが回ってきたこともあり、酔い覚ましのため綺翠の周りの喧噪《けんそう》から離れる。

地面に敷かれた茣蓙《ござ》に腰を下ろし、夜風に当たりながらのんびりと周囲を見回していたところで、視界の隅に見知った小さな影が見えた。

橙《だいだい》掛かった黄色の着物を着た、童女と呼んでも差し支えない小さな女の子――。

空洞淵は慌てて立ち上がり、女の子の元へ向かう。

「おお、霧瑚《きりこ》や。息災か」

いち早く空洞淵の接近に気づくと、女の子――槐《えんじゅ》は邪気のない笑みで彼を見上げた。

「えっと……何してるの？」

酔いのため頭が回らず、つまらない質問をしてしまう。

確か、山頂の社から解放された後は、どこへともなく姿を消したはずだったが――。

鬼の童女は、手にした徳利から直《じか》に酒を呷《あお》り、ぷはぁ、と豪快に息を吐いた。

「実はずっと、この時期に村でやっておる祭りに興味があってな。せっかくじゃからと、山を離れるまえに立ち寄ったのじゃ。まるでこの世の極楽じゃのう。酒も肴《さかな》もよいものが揃《そろ》っておる」

上機嫌に槐はまた徳利を呷った。見ると彼女の周囲には、複数の徳利が転がっていた。おそらく片っ端から飲み干していったのだろう。どこか人間染《じ》みた鬼だが、やはり人の理《ことわり》を外れたものであることを実感する。そういえば、額に生えていた二本の角が今日は見当たらない。空洞淵の視線から、その疑問を察したのか、槐は得意げにニィと口の端を上げた。

「どうじゃ、角がなければ普通の娘っ子に見えるじゃろう？」

「普通の娘っ子は、たぶん徳利から酒の直飲みはしないと思うけど……もしかして、角は収納できるのかい？」

「収納、というか、変化《へんげ》の術じゃな。角があっては、人里には降りられん」

意外と色々考えているらしい。ただ、せっかく変化の術が使えるのならば、童女の姿ではなく大人の姿になればもっと色々都合がよかろうに、とは思う。

「そういえば、綺翠の姿が見えんの」槐が辺りを見回して言った。「なんぞ三行半《みくだりはん》でも叩《たた》きつけられたか？」

三行半とは、江戸時代の離縁状だったはずだ。確か、男性側が女性側に渡すものだったかと記憶しているが……。あの綺翠ならば、逆のことをしても不思議ではないと思い、空洞淵は少し笑った。

「そもそも僕と綺翠は、結婚してないよ」

「まことか？」目を丸くする槐。「こんな山奥に男と女の二人連れなど、夫婦《めおと》以外になかろうと思うておったが」

「そもそも苗字《みょうじ》が違うよ」

「それは、『ふうふべっせい』とかいう昨今街で流行《はや》りのアレかと」

こんな辺境の山奥に縛り付けられていた割には、俗世に詳しい。

槐は納得がいかないというふうに、眉を顰《ひそ》めた。

「しかし、互いに憎からず思うておろう？　何故《なにゆえ》、夫婦とならん？　人の営みなど、男女が交わり、子を成す以外になかろう」

「……今どきの人の営みは、もっと多様性があるんだよ」

空洞淵は曖昧《あいまい》に答えた。綺翠のことを憎からず思っているのに、夫婦にならない理由——それは、空洞淵自身が一番よくわかっていないことだったから。

そもそも、人はどういうときに、結婚したいと思うのだろうか。空洞淵も綺翠も、お互い自分にしかできない仕事があり、それにより十分な稼ぎを得ている。少なくとも金銭的な都合での結婚は二人の間ではあり得ない。

ならば、ずっと一緒にいたい、という淡い願望からか——。それにしても、現状ほとんど一緒に暮らしているようなものなので、仮に結婚をしたところで、今の生活様式が劇的に変わるとも思えない。

あと考えられることといえば、性的な欲求くらいだが……それも別に結婚の有無に因《よ》らず、互いの都合で自由に解消することが可能だ。

ならば——人は何故、結婚をするのだろうか。

「綺翠はいい女じゃ」

神妙に、槐は言った。

「お主がその調子では、いずれ愛想を尽かされて、余所《よそ》の男に取られるぞ」

「それで綺翠が幸せなら、僕は構わないけど……」

「妾《わらわ》は、お主の心を聞いておる」

意外にも真剣な顔で、槐はジッと空洞淵を見上げる。

「霧瑚や。お主には意志がないのか？」

意志——何かをしたいと願う、気持ち。

「ない、こともないとは思うけど……」

　子どもの頃からこの調子なので、よくわからない。つまらない人間だ、とは周りからよく言われるし、自分でもそう思う。空洞淵には、自我と他我の境界が曖昧だった。常に高くから自分を俯瞰《ふかん》している自分がいる。何故かはわからないが、少なくともそれが人格の形成に影響を与えていることは間違いない。

　無意識に空洞淵は、片手で右眼を覆《おお》う。あるいは、これが原因なのか——。

「——おい、霧瑚。聞いておるのか？」

　いつの間にか、槐は至近距離から空洞淵を見つめていた。少し驚き、余計な思考を中断する。槐は、呆れたように甘ったるい息を吐く。非常に酒臭い。

「利発なのか盆暗なのかわからんヤツじゃの。よいか霧瑚、よく聞け。意志のないものは、骸《むくろ》と同じじゃ。欲を持て。他者のことなど気にするな。お主の、お主だけの、願いを持て。さすれば、多少は生きやすくもなる」

「僕は……生きにくいように見えるかい？」

空洞淵は自分で自分がわからない。槐は、さてな、と肩を竦《すく》めた。

「普通の男なら、あんなよい女が近くにいて、自分に甲斐甲斐《かいがい》しく接してくれたら、まぐわいたいと強く願うものであろう。そんな当たり前の願望を持てぬ程度には、生きにくかろうと思うぞ」

「……彼女のことを大切に思っているからこそ、そういう願いを持てない可能性は？」

「理由を他者に求めるな」どこか非難するように槐は言った。「今し方言ったであろう。お主の願いは、お主だけのものじゃ。綺翠を大切に思うのは自由じゃが、それと情欲を抱かないことは無関係じゃ。別に男色というわけでもなかろう」

「…………」

空洞淵は何も答えられない。自分は、綺翠を言い訳に使っているのだろうか。そうかもしれないし、そうではないかもしれない。すべてが曖昧だった。

考え込む空洞淵だったが、槐はこの話題に飽きたように、まあよい、と再び徳利を傾ける。

「祭りの席で、説教くさいことを言ったな。許せ、霧瑚。ただ妾は、主らに恩があるゆえ、少々気になっただけじゃ。酔った鬼の戯言《ざれごと》と忘れてくれ」

さて、と槐はおもむろに徳利を地面に捨てた。

「妾は満足した。人の子に見つからぬうちに、この場を去ろう。世話になったな、霧瑚」

満ち足りた顔の槐を見ていたら、少し名残惜しい気持ちになる。もう少しこの気のいい鬼と話をしていたかったが……確かに村人に見つかったら色々と厄介そうだった。

「……また、会えるかな？」

無意識にそんなことを聞いていた。自分にしては珍しいなと、少し驚く。

槐は快活に笑った。

「生きていれば、縁があれば、また巡り会うこともあろう。綺翠にもよろしく伝えてくれ。人の一生は短いぞ、霧瑚。悔いのないように生きよ。次に会うときは、子の一人二人くらい、妾に抱かせろ」

「……前向きに善処するよ」

ではな、と何の未練もなさそうに、槐は背中を向けて歩き去る。しかし、その途中でふと足を止めて振り返った。

「そうじゃ、伝えておこうと思ったことを忘れておった」

「なんだい？」

「村から西へ少し行くと小川がある。その小川を越えた先に、小さな洞穴があるんじゃがな。そこに面白いものがおるぞ。明日にでも見て参れ」

「面白いもの？」空洞淵は眉を顰めた。「何があるんだい？」

「妾にもようわからぬ」鬼の童女は他人《ひと》事《ごと》のように鼻を鳴らす。「お主がその目で確かめればよかろう。それほど距離もないゆえ、散歩のつもりで向かえばよい」

そう言うと、ではな、と再び言い残し、今度こそ槐は何の未練もなさそうに歩き出した。もう振り返ることはなかった。鬼の童女は、初めからいなかったかのように、夜の静寂《しじま》に消えていった。

3

槐と別れてから、少し一人で酔い覚ましをし、綺翠の元へ戻る。すると、先ほどまでとは異なる妙な熱気が辺りに満ちていた。

いつもと変わらず、涼しい顔で酒を飲む彼女の周囲には、大の男が三人ほど倒れ伏している。いったい何事かと訝《いぶか》る空洞淵の耳に、黄色い歓声が響く。

突如、バタリと男が倒れ伏した。見ると、地面に転がっている男たちは皆、顔を真っ赤にしている。一見して——酔い潰《つぶ》れていた。

どうにもこれ以上綺翠に近づけない雰囲気を察していたところで、花喃の姿を見かけたので、足早に彼女の元へ駆け寄る。

「この騒ぎは何事だい？」

「あ、先生」花喃は少し困った様子だった。「実は、男衆が巫女様に勝負を挑まれまして……」

「勝負？」

「はい……。その、巫女様の飲みっぷりがあまりにも美しく、もっと近くでその様子を見ようと思ったのか、酒量を競い始めて……」

　止められず申し訳ありません、と花喃は頭を下げる。

　なるほど、そういうことかと空洞淵も状況を理解する。綺翠の酔い潰れた姿を見ようと、下心を抱いたのだろう。だが、綺翠は極楽街《ごくらくがい》でも名の知れた酒豪。彼女の乱れた姿を見るという目論《もくろ》見《み》は、儚く散ったに違いない。

「しかも今度は、次々と男衆を酔い潰す巫女様に、女衆が熱を上げてしまって……」

「……綺翠は、街でも若い女性に人気が高いからね」

　綺翠のようになりたい、と願う女性は多いらしい。確かに男の空洞淵の目から見ても、綺翠は時折ものすごく格好よく見えるので、彼女たちが夢中になる気持ちはよくわかる。昼は石灰石の採掘で働く力自慢の男たちを、線の細い美女である綺翠が次々に伸していく様子がきっと爽快《そうかい》に映るのだろう。

　だが、あまり静観していてよい状況でもなさそうだ。空洞淵はよく知っている。綺翠は、いつもと変わらぬ様子で酔うということを。彼女とて人間だ。当然その酒量には限界がある。倒れられたら困るので、空洞淵は人垣を何とか抜けて綺翠の元へ辿り着く。

「あら、あなた。どこへ行っていたの？」

綺翠は、本当にいつもどおりの様子で空洞淵に声を掛けた。人前ということもあり、夫婦を演じることも忘れていない。酔っているのかいないのか、現時点では判断がつかない。

「ちょっと酔い覚ましをね」空洞淵は答えた。「それより、お酒はそのあたりで止《や》めておこうか。明日に響くよ」

さり気なく、彼女の手から杯を奪う。綺翠は不満そうに口を尖《とが》らせるが、大人しく頷いた。空洞淵は直感的に理解する。これはだいぶ酔っているなと。

空洞淵の登場で、興が冷めたように人垣が消えていく。盛り上がっているところに水を差してしまったようで忍びなかったが、綺翠の身体が一番だ。

綺翠の手を引いて、ひとけのない一角までやって来る。

「うふふ、空洞淵くんと手を繋《つな》いでお散歩……」

綺翠は空洞淵の腕を抱くように体重を預けてくる。少々歩きにくいが仕方がない。黙って彼女のしたいようにさせておく。彼女は酔うと少しだけ言動が幼くなる傾向がある。そういうときはやはり妹の穂澄《ほずみ》に似ているのだなと気づいて少し面白い。

空洞淵たちの後を追い、小走りに花喃が水を二つ持って来てくれた。

「面倒事に巻き込んでしまって本当にすみませんでした」

「気にしなくていいよ。むしろ、余所者の僕らに親切にしてくれて、村の人たちには感謝しかないくらいだ」

「そう言っていただけると、助かります」

苦笑する花喃から、湯飲みを受け取る。彼女は、少し照れたように続ける。

「美香たちも、先生のことが大好きみたいですよ。もちろん、他の子どもたちも。ずっと村にいてくれればいいのにと、私にお願いに来るほどで」

授業が意外と好評だったのであれば、空洞淵としても嬉しい限りだ。子どもたちは皆利発で覚えも早く、教え甲斐がある。大変将来有望な村だと思う。

「基本的なことしか教えられてないけどね。でも、学習意欲があるのは素晴らしいことだよ。さすがにずっと村にいるわけにはいかないけど、この調子なら僕がいなくなってからも、自力で勉強できるよ」

「どうでしょう。普段はみんな算術の本を開かせても全然真面目《まじめ》に勉強しないんですよ。やっぱり先生の教え方が上手《うま》いのだと思います。っと、すみません。先生は薬師《くすし》のお仕事で忙しいですものね……。決して先生を困らせるつもりは……」

「わかってるよ」空洞淵は苦笑した。「むしろ惜しんでくれているのに帰らなくちゃいけなくて申し訳ない気持ちだよ。ここは本当にいい村だからね」

それから少し花喃と話をしておいたほうがいいかと思い直す。

「ずっと気になってたことがあるんだけど、聞いてもいいかな？」

「私で答えられることならば何でも」

胸の前で拳《こぶし》を固めて、花喃は空洞淵を見上げた。一度水を飲み、多少酔いを覚まして空洞淵は頭で質問を整理する。

「えっと、最初に話をしてくれたとき、確か神屋敷の娘は、ミズチ様の花嫁には選ばれないって言ってたと思うんだけど……。それも、白銀の法師からの助言なのかい？」

「いえ、そういうわけではないのですが……。ただこの五十年、一度も選ばれていないようなので、そういうものなのかと。村のみんなも、姉が選ばれたと知ったとき驚いていましたし……」

ということは、少なくとも村中の共通認識として、神屋敷の娘は選ばれない、とは思われていたわけか。普通ならば、認知の関係でそのとおりの現実に書き換わるはずだが……。そのあたりの感染怪異事情は正直曖昧で空洞淵もまだ十全には理解していない。

しかし、五十年間一度も神屋敷の人間が選ばれなかった、というのは、確率的にも奇妙だ。選ばれにくい何らかの事情があると考えるのが自然だろう。

「じゃあ、法師からの助言って、具体的にはどういうものがあるんだい？」

「そうですね……。基本的には、ミズチ様を敬うこと、ですね。たとえば、水は神聖なものなので大切にすること、みたいな。子どもの川遊びなども禁じられています」

「そういえば、昨日紗那さんが言っていたね。二人はその禁忌を破って、怒られたって」

「……はい。幼かったとはいえ、恥ずかしい限りです」

手燭《てしょく》の明かりに照らされながら、花喃は照れたように俯いた。

「今は随分落ち着いて見えるけど、紗那さんが子どもの頃はもっと活発だったのかな？」

「そうですね。よく外で走り回って遊んでいました。あのときも確か――」

急に何かを思い出したように、花喃は視線を遠くへ向けた。

「そう、確か狐《きつね》を追いかけていたんです」

「狐？」

「はい。森のほうで遊んでいたら、突然姉が、銀色に光る狐を見たと言って駆け出して行きまして。私も付いていったのですが、途中で見失ってしまって、そして気づいたときには私たちは川の中に立っていました。どうやら狐は川を渡ってしまったみたいで……私たちは狐を追いかけることに夢中で、川に入ってはいけないという掟を忘れていたのです。慌てて水から上がりましたが……村へ戻ったら、大人たちに着物の裾《すそ》が濡《ぬ》れていることを気づかれて、結局禁忌を破ったことがすぐにバレてしまいました」

過去を懐かしむように花喃は語るが、空洞淵はどうしてもその話が気になってしまう。

銀色に光る狐——如何《いか》にも、月詠を彷彿《ほうふつ》とさせる要素だと思う。

彼女に使役された動物か、あるいは変化をした月詠本人という可能性だって捨てきれない。

まさか紗那が今年の花嫁に選ばれたことに、月詠の企《たくら》みが隠されているとでもいうのだろうか……？

新たな情報に混乱する空洞淵だったが、それに気づかない花喃は小さく笑ってから続ける。

「あと川魚を捕ったりしてもいけません。また、ミズチ様は男性を嫌うので、水に関わる仕事、米作りや炊事、洗濯などに男性は関わってはいけない、などでしょうか。男性は穢《けが》れを運ぶそうで、水に触れることすら禁忌とされています」

情報を整理するためにも、一旦《いったん》は余計な思考を中断して彼女の言葉に耳を傾ける。

そのあたりは、村に来たばかりの頃にも聞いたか。そういえば、この村に来てから、肉や野菜などはたくさん振る舞われたが、魚は一度も出てきていないことに気づく。なるほど、そういった事情があったのかと納得した。

しかし、こうして改めて話を聞くと、ミズチ様というよりは、水にまつわる助言が多いように思える。

水は、古来人々の生活とは決して切り離せないものだ。水は恵みであり、人が生きる上でなくてはならないものではあるのだが、同時に災いに結びつくこともある。コレラなどの感染症の多くは、水が感染源となるためだ。

感染症——昼間、同じ考えがわずかに脳裏を過《よぎ》ったことを思い出す。

あるいは、神の子を孕むという現象が、水を感染源とした感染症とは考えられないだろうか？

今まで考えなかった可能性に、空洞淵は少し興奮する。

「村の飲料水は、川や井戸の水をそのまま利用しているのかな？」

「いえ。飲み水はすべて、一度煮立たせたものを使っています。これも法師様からの助言ですね。生水は神聖なものなので、決して飲んではならないと」

「……そうか」

内心でため息を吐く。煮立たせているのであれば、ウィルスも細菌も死滅するので、感染症の可能性は低そうだ。いい考えだと思ったが……残念だ。

そのとき、ふと周囲に視線を向けると、提灯を手にした人々が次々と村の外れへ向かって歩いて行く姿が見えた。月の出方からも、まだ時間はそれほど遅くないであろうに、そろそろお開きということなのだろうか。

空洞淵の視線から村人の移動に気づいたらしい花喃は、あっ、と小さく声を漏らした。

「そろそろ〈灰流し〉の時間ですね。お二人も行きましょう」

「〈灰流し〉？」

「はい。収穫祭を締めくくる最後の儀式で——まあ、見ればわかります」

花喃に先導され、他の村人とともに移動を始める。綺翠は、いつも以上に言葉数が減り、空洞淵の腕を抱いたまま放そうとしなかった。まるでお気に入りのぬいぐるみを抱える子どものようで微笑ましくも思うが、村人からも微笑ましげな視線を向けられるので、空洞淵は妙に恥ずかしかった。夫婦で通しているのだから、そのように見られるのも当然なのだが、何故こんなにも居心地が悪いのか。先ほど、鬼の童女に言われた言葉が脳内を過り、思考がまとまらない。

仕方なく余計な考えを打ち切り、ただ歩みを進めることに集中する。人々は生活圏を外れ、どんどん夜の森へ進んでいく。虫の声に包まれていく。光はますます減り、いよいよ月明かりと、人々が手にする提灯の明かりだけが頼りになる。

頼りなく揺らめく提灯は、まるで灯明《とうみょう》だ。ただ人々が歩くだけで、どこか景色が荘厳《そうごん》になっていく。このままあの世へ行ってしまうのではないかという不安に襲われる。半ば無意識に、綺翠の手をぎゅっと握った。

やがて目的地へ着いたのか自然と歩みは止まる。そこはちょっとした小川の縁だった。

村人は皆、真剣な表情で暗い川面《かわも》を見つめている。

これから何が始まるのか——。

空洞淵が見守る中、村人の一人が、川面に灯籠《とうろう》を浮かべて手を離した。

灯籠は、仄《ほの》明るく周囲を照らしながら、ゆったりと川下へ向かって流れていく。やがて、一つ、また一つと灯籠は増えていく。

「——みんな、家族やご先祖様がミズチ様の花嫁に選ばれた人たちです」

ぽつりと呟かれた花喃の言葉で、ようやく儀式の意図を悟る。

——灯籠流し。死者の魂を弔うために行われる送り火の一種であり、世界各地で行われているが、日本では特にお盆の時期に行われることが多い。おそらくこれは、類似の思想に基づく儀式なのだろう。

ミズチ様を崇《あが》め、そしてこれまで花嫁となり命を失ってきた人々を弔うための——灯明。

そう思うと自然と背筋が伸び、神妙な心持ちになる。光る川面を見つめていると、何故か少しずつ水が濁り始める。濁りは少しずつ強くなり、いつの間にか川の水はすっかり白くなっていた。辺りを見回していると、数名の女性が、手桶《おけ》から柄杓《ひしゃく》で白い粉を掬《すく》い、川へ放っているのが見えた。

「あれは清めの灰です。山で採れる石灰石を焼いて清めたものになります。お祭りの最後に清めの灰を川へ撒《ま》き、死者への手向けと、ミズチ様へ感謝を祈るのです。この小川だけでなく、村の周囲のすべての川で同じことをします。これも、法師様からの助言ですね」

　花喃は、目を瞑《つむ》り両手を合わせる。見ると、他の村人も同じように手を合わせていた。空洞淵と綺翠もそれに倣《なら》い、この土地の恵みと歴史に連なる数多《あまた》の犠牲者に感謝を捧《ささ》げた。

　川のせせらぎと、虫の声だけが、涼やかな秋の夜空に木《こ》霊《だま》していた。

第五章

厄災

1

収穫祭の翌日。

空洞淵《うろぶち》と綺翠《きすい》の二人は、村の西側外れの洞穴に向かっていた。昨夜、槐《えんじゅ》に言われたことを確かめるためだ。いったい何が隠されているのか……興味はあるが恐ろしくもあり、空洞淵の足どりはあまり軽くない。

ただし、明日に紗那《さな》の嫁入りが決まったので、今日中に何とか問題を片付けなければならないという焦《あせ》りもある。せめて問題解決のヒントに繋《つな》がるものであればよいのだが、と今や縋《すが》るような気持ちだった。

対する綺翠は、いつもどおりの様相だった。昨晩はあれだけしこたま酒を飲んだというのに、朝にはけろりとしており、つくづく人間離れしていると、軽い二日酔いのため五苓散《ごれいさん》と呼ばれる漢方薬を飲みながら空洞淵は呆《あき》れるばかりだった。

舗装されていない足下の悪い道をしばらく進むと、小川に突き当たる。位置的におそらく昨夜の小川とは別のものだ。土地が肥沃《ひよく》なのだから、きっと小さな水源がたくさんあるのだろう。

余計なところでミズチ様の怒りを買いたくなかったので、法師《ほうし》の言いつけとやらを守り、水には触れないよう飛び石を渡り、川を越える。

「本当にこの先に何かあるのかしら」綺翠は訝《いぶか》しげに問うた。「あの鬼に謀《はか》られたんじゃない？」

その可能性は否定できなかったが、現状、他に縋るものもないのだから仕方がない。槐は綺翠たちを恩人と言っていたし、恩を仇《あだ》で返すような真似《まね》はしないだろうと信じて、今は歩みを進める。

やがて歩みを進めた先に、小さな洞穴が見えた。少なくともここまでは、槐の言うことは正しい。ならば、中に何らかの〈面白いもの〉が隠されているはずだが……。

鬼が出るか蛇が出るか、と思ったところで、空洞淵は思わず苦笑してしまう。鬼も蛇も、すでに嫌というほど今回の件に関わってきているではないか、と。

空洞淵は洞穴の入口に立つ。足音が内部に反響した。

そのとき、例の童歌《わらべうた》を思い出す。

――あなのそこから　こちらをみてるの　だあれ？

まさかこの穴の奥に、何かがあることを暗示しているのか。

生唾《なまつば》を飲み込んでから、意を決して空洞淵は持って来た手燭《てしょく》に火を灯《とも》し、漆黒の内部へとゆっくり歩みを進めていく。

洞穴の中は、ひんやりとしていていっそ寒いほどだった。コウモリなどが飛び出してきたら嫌だな、と感じながら歩みを進めていたとき。

――カサリ、と。

奥から物音が響いた。思わず足を止め、綺翠と顔を見合わせる。再び音が響く。衣擦《きぬず》れのようにも聞こえる。綺翠は真面目《まじめ》な顔で一度頷《うなず》いてから、刀の柄《つか》に手を掛けて今度は空洞淵の先を進む。

一歩進む毎《ごと》に気配が強くなる。少なくとも、この先に何かがいる。

綺翠に密着し、彼女の視界を確保するために手燭を前方へ差し出しながら、ゆっくりと歩みを進める。

やがて――。

「こ……殺さないでくれぇ……」

僅《わず》かに震える男の声が響いた。二人はぴたりと足を止める。

「――どなたか、いらっしゃるのですか？」

空洞淵は暗闇《くらやみ》へ向かって声を掛ける。しかし、その問いには答えず、再び、殺さないでくれ、という覇気のない声だけが返ってくる。

危険はなさそうだが……どこか不穏な気配も漂っている。油断せずに再び足を動かしていくと、手燭の明かりが男を照らした。

男は、随分と酷《ひど》い格好をしていた。ぼさぼさの髪と好き勝手に伸びた髭《ひげ》に顔全体を覆《おお》われ、身体《からだ》にはぼろ切れのような着物を纏《まと》い、膝《ひざ》を抱えて地べたに座り込んでいた。一瞬、何らかの怪異かとも思ったが、視線だけで綺翠を窺《うかが》うと小さく首を振って返したので、おそらくただの人間なのだろう。

状況はわからなかったが、どうにも不穏当な気配を漂わせているので、空洞淵は慎重に尋ねる。

「驚かせてすみません。僕らはただの旅人です。あなたを害する意図はないので落ち着いてください」

「……旅人？」

暗闇の中、男は虚《うつ》ろな目で空洞淵を見上げた。

「鬼の、仲間じゃないのか……？」

鬼——おそらく、昨日か一昨日ここを発見した槐のことだろう。仲間といえば仲間だが、それを説明したところで理解してもらえないと思ったので、適当に誤魔化す。

「鬼ではなく人間です。ほら」

男から見えるように、手燭を自分たちに近づける。そこに立っていたのが、軟弱そうな男と若く美しい女であったためか、男は少し緊張を解いたように息を吐いた。

「……なんだよ、脅かすない」

「すみません。まさかこんなところに人がいるとは思っていなくて」

「……それもそうか」自嘲《じちょう》気味に男は笑う。「旅人さんにゃ悪いが、ここは今、俺の住《す》処《か》になってるんでね。すまんが帰ってもらえるか」

「住処？　ここに住んでるんですか？」

空洞淵は驚いた。どう考えても、人が住めるような環境ではない。動物だって、節足動物以外は好んでこんなところに住みはしないだろう。

男は、へへっ、とまた自嘲するように息を漏らす。

「ちぃとばかし魔が差して盗みを働いたら、賢者様にバレてな……。極楽街《ごくらくがい》から必死に逃げ延びて、このザマさ」

窃盗犯、ということだろうか。よく極楽街で盗みなど働こうと思ったと、空洞淵は呆れる。街で起こったあらゆる出来事は、月詠《つくよみ》の因果でない限りすべて金糸雀《カナリヤ》に筒抜けだというのに迂闊《うかつ》としか言いようがない。

「……でも、いくら何でもこんなところに住むのは無茶です。身体を壊すまえに、せめて近くの村に腰を落ち着けたほうがいいですよ」

衛生状態のよくない、湿度の高い場所に住むと肺にカビが生えたりする。真菌による肺炎は抗生剤を使っても治りにくいものだ。この世界ならばそれこそ死に直結する。

「俺なんかのことを心配してくれるのか。兄さん、あんたお人好《よ》しだな」上機嫌に、男は笑った。「お礼に一つ忠告をしてやろう。この土地は呪《のろ》われてるから、さっさと離れたほうがいいぜ」

「呪われてる……？」空洞淵は眉《まゆ》を顰《ひそ》めた。「それは、ミズチ様の花嫁の話でしょうか？」

「花嫁、ねえ……」何故《なぜ》か男は意味深に笑う。「知ってんなら話は早い。餌食《えじき》になりたくなきゃ、さっさとここを離れな。そっちの別嬪《べっぴん》さんが知らん神に孕《はら》まされるのなんか見たくねえだろ」

どうやら本当に空洞淵たちのことを心配してくれているらしい。盗みを働いたようだが……根っからの悪人というわけでもなさそうだ。

「でも、今年の花嫁はもう選出されているので、それほど恐れることもないと思いますが……」

空洞淵がそう言うと、男は突然哄笑《こうしょう》した。

「ははっ！　あんた、ミズチ様とやらを甘く見てるぞ」

そして男は、おもむろに立ち上がる。座っている体勢ではわからなかった、男の全身が空洞淵の前にさらされた。

男の腹部は、不気味に膨れ上がっていた。

「なっ……！」

思わず息を呑《の》む。いったい何故、どうして——。

「こいつがミズチ様とやらの本性だ。村では上品に女だけを狙《ねら》ってるみたいだが、村の外じゃ女も男も関係ねえってよ……」

男は醜く膨れ上がった腹部を、ぽんと無造作に叩《たた》く。混乱しながらも、空洞淵は必死で思考を巡らせる。この新事実は、これまでのすべての仮定を覆《くつがえ》す——！

「ま、待ってください……。ミズチ様は村の神様で、教えを守っている限りは安泰を約束しているはずです。あなたは何かミズチ様を怒らせるようなことをしたんですか……？」

「さてな……。この土地に逃げ込んだことそれ自体が怒りに触れたのか……。あるいは、川で魚を捕って食ったことか……。身に覚えがありすぎてもうどれかわからねえよ。俺だって最初は神様なんて信じてなかったけどよ……。こうなっちまったらもう、信じるしかねえだろ」

「いったいいつからそんなことに……？」

「三月《みつき》ばかりまえから、かな。半年まえにこの山へ逃げ込んだんだが……そこが俺の運の尽きってね。こんなことなら山の向こうまで逃げときゃよかったよ。あっちは食い物も少ないし、何よりやたらとイナゴが多くて気味が悪いと早々に戻って来ちまったが……」

男は、くつくつと、苦しげに笑った。

「いずれ血を吐いて死ぬんだろう……？　ったく、ザマぁねえな……。悪いことをしても、お天道《てんとう》様は見てるってことかねえ……」

死を思い、諦観《ていかん》しているのか。

しかし、男の言葉を話半分に聞き、空洞淵の脳みそは高速で思考を巡らせていた。

――とんでもない、勘違いをしていた。

それはもう、根本の部分から酷い思い違いをしていた。

こんな基本的なことに今まで気づかなかったなんて……医療人失格だ。

しかし、仮にこれが空洞淵の想定したとおりの現象なのだとしたら、完全に常軌を逸している。白銀の法師――銀《しろがね》月詠は、いったいどこまでを見越してかつての村人に助言を与えていたというのか。

途方もなさすぎて、目眩《めまい》すら覚える。

しかし――道筋は見えた。

上手《うま》くやれば、村をミズチ様から解放できるかもしれない。

無意識に止めていた呼吸を再開する。生臭い、湿った空気が肺に満ちて不快だったが、今は仕方がない。

「……綺翠」

「なあに？」

綺翠は、いつもと変わらない様子で応じた。

「この人のおなかに宿っているものも、感染怪異かい？」

「ええ」綺翠は即答する。「紗那さんと同じものね」

「じゃあ、この人の怪異を祓《はら》ってもらってもいいかな？」

「え……？」不安げに、綺翠は空洞淵を見た。「でも、それは――」

彼女は言葉に詰まる。おそらくそれは、以前にも言っていた子どもを堕《お》ろすことへの嫌悪《けんお》感なのだろう。空洞淵はゆっくりと首を振る。

「大丈夫。これは子どもなんかじゃない」

「子どもじゃない……？」

「そう。神の子でも、ましてや他の怪異の子どもでもない。ただおなかが膨れるという、それだけの感染怪異なんだ」

「おなかが膨れるだけ……？」

訝しげに空洞淵を見るが、すぐに何かを察したのか、わかったわ、と小太刀を腰帯から抜く。男は驚いたように尻《しり》もちをついてしまった。

「な、なにを――」

斬《き》られると思ったらしく腰を抜かしている。空洞淵は慌《あわ》てて言う。

「大丈夫です。この人は街の祓い屋です」

「祓い屋……？」

男は胡乱《うろん》げな視線を綺翠へと向けるが、そこでようやく何かに気づいたように目を丸くした。

「まさか、神社の巫女《みこ》様か……⁉」

「――そうよ」

綺翠は、凜《りん》とした声で答えた。

「あなたのおなかに憑《つ》いている悪いものを祓ってあげる」

小太刀を両手で水平に掲げ、綺翠はその場に跪《ひざまず》く。

「――祓へ給《たま》へ、清め給へ。守り給へ、幸《さきは》へ給へ」

こんな陰気な場だというのに、まるで彼女の周囲から浄化されていくように、空気が荘厳《そうごん》な気配を宿す。

すらりと、綺翠は小太刀を抜く。霊刀の刀身は、淡く神秘の光を放っている。

切っ先を男の腹部へ向ける。そして、狙いを定めるように目を細めた後、一閃《いっせん》――。

目にも止まらぬ横薙《な》ぎ。続く残心。

ゆらりと、空洞淵の手燭が不自然に揺らめいた。

「――恐《かしこ》み恐《かしこ》みも白《まを》す」

粛とした調子で告げ、綺翠はゆっくりと納刀した。鯉口《こいぐち》が小さく金属音を発した。

綺翠は、スゥ、と細く息を吐く。

「終わったわ。どうかしら」

「どうと言われても……」

狐《きつね》につままれたような顔で、男は腹部に触れる。あれだけ歪《いびつ》に膨れていた腹は、いつの間にかすっかり平らになっていた。

「おおっ……！　すげえ、さすが巫女様だ！　ありがとうごぜえやす！」

破裂するように歓喜の声を発し、男はその場に土下座した。綺翠は面倒くさそうに手を振る。

「そういうのはいいから気にしないで。それよりあなた、さっさと街へ帰りなさい。まあ、何かしらのお咎《とが》めはあると思うけど、そこは罰だと思って甘んじて受け入れなさい」

「ああ、もちろんでさあ！ しっかり罪を償って、街に残してきた女房子どもとまた暮らすんだ……！」

心底嬉《うれ》しそうに男は笑った。

「巫女様、あんたは恩人だ……！」

「私じゃなくて、お礼ならこの人に言って」綺翠は無造作に傍らの空洞淵を示す。「私はただ、この人の指示に従っただけなんだから」

「……へえ」

興味深そうに唸《うな》り、男は改めて空洞淵を見やる。

「巫女様とただならぬ仲のようだが……兄さん、あんた何者だ？」

「僕は空洞淵と言います。今は街で、伽藍堂《がらんどう》という薬処《くすりどころ》を開いています」

「伽藍堂？ 燈《あかり》先生のとこか？」

「はい。その燈先生の代理みたいな感じですね」

「代理？」

男は不思議そうな顔をする。そういえば、男は半年ほどまえから街を離れていたのだったか。ならば、事情を知らないのも致《いた》し方ない。

「燈先生は、三月ほどまえに失踪《しっそう》されたらしいんです。僕も余所者《よそもの》なので詳しい事情は知らないのですが……。そこで燈先生不在の間、僕が代わりに伽藍堂を開くことになりまして」

「へえ！」

　何がそんなに嬉しいのか、男は上機嫌に空洞淵の肩を叩く。

「女房は身体が弱くてな！　薬師の先生ってぇなら余所者だろうが大歓迎だ！　俺ァ、福助《ふくすけ》ってぇ名のケチな運び屋だ。よろしくな先生！」

「はあ……よろしくお願いします」

　いつの間にかすっかり男――福助は友好的になっている。福助からしたら、空洞淵も間接的な恩人に当たるのだろうから、それも当然なのかもしれないけど。

　咳払《せきばら》いを一度した後、空洞淵は意識を切り替える。

「それじゃあ、福助さんはさっさと街へ戻ってください。僕らはこれから、村へ戻ってやらなければならないことがあるので」

「やらなければならないことってなんだい？」

　不思議そうな福助の問い。

　空洞淵は、口元を僅かに歪《ゆが》めて笑った。

「村を悪習で支配する神様を――退治するんです」

2

「──先生、これはいったい何事でございましょうか……？」

神屋《かみや》敷《しき》家へ戻るや否《いな》や、空洞淵は家主の神屋敷五兵衛《ごへえ》、今年の花嫁である紗那、そして大元の依頼主である花喃《かなん》を表座敷に集めた。

紗那は、空洞淵の薬のおかげで、花喃の介助があれば家の中を歩き回れるほどに快復していたが、ミズチ様の子を孕んでいるという胎《はら》は大きくなるばかりでつらそうだった。

神屋敷は娘を気遣いながらも、急に家族を表座敷に集めた空洞淵へ細《ささ》やかな非難を向けていた。空洞淵は素直に謝罪を述べる。

「突然お声掛けしてしまい申し訳ありません。ついでにもう一つ、謝罪をさせてください」

空洞淵は正座のまま背筋を伸ばして告げた。

「僕の本名は空洞淵霧瑚《きりこ》と言います。極楽街で薬師《くすし》をしております」

「薬師の……先生……？」

この中で唯一《ゆいいつ》事情を知らない神屋敷は困ったように眉を顰めた。

「僕と、ここにいる御巫《みかなぎ》綺翠は、花喃さんに依頼され、神籠《かみごも》村の不思議な伝承のことを調べていました。すべては、今年の花嫁に選ばれた紗那さんを救うために」

「おまえ……まさか、そのために……！」

数日まえの娘の失踪の真意を知った父親は、娘に視線を向けて瞠目《どうもく》する。

「……申し訳ありません」花喃は素直に頭を下げた。「お姉様を助けたい一心で、勝手なことをいたしました。お叱《しか》りはすべて私に……」

ゆっくりと頭を上げ、続けて花喃は空洞淵を真剣な顔で見やる。

「しかし、空洞淵先生。私たちを改めて一堂に集めたということは、もしや——」

期待に満ちた視線を受けて、空洞淵は頷いた。

「はい。伝承の真相がわかりました」

隣に座る綺翠が小さく身じろぎをする。彼女もずっと気になっていたのだろう。

「真相、ですか……？」神屋敷は訝しげに眉を寄せる。「いったい何をおっしゃっているのですか……？　ミズチ様は、現に存在してこの村を守ってくださっておりますが……？」

「はい。ある意味においては、正しい認識です。ミズチ様という神様は、確かにこの村を守っている。しかし、正確ではありません。この村の伝承は、少々複雑な事情が絡《から》み合った上で現在のような歪《いびつ》な形になってしまっています。僕はこれからそのあたりの事情をお話ししつつ、皆さんに正しい認識を持っていただきたいと考えております」

　少しずつ場が空洞淵の言葉によって支配されていく。神屋敷はまだ訝しげではあったが、ひとまず空洞淵の話を聞くことにしたようで口を噤《つぐ》んでいる。

「さて——まずは、基本的な部分から確認していきましょうか。事の起こりは今から百年まえ。皆さんのご先祖様が極楽街を離れ、この地に村を築いたことです。この素晴らしく肥沃な土地には大地の恵みが溢《あふ》れていて、おそらく皆歓喜したことでしょう。女性たちは稲作に、そして男性たちは石灰石の採掘に励み、暮らしはすぐに豊かになったはずです。しかし、最初は順調だった新天地での生活にも陰りが生じてきました。それが、原因不明の女性たちの妊娠です」

　空洞淵はあえてゆっくりと、そしてやや迂遠に話を進めていく。

「女性たちは切っ掛けとなる性行為に心当たりがなく、さらにその後妊娠した者たちが次々と血を吐いて亡《な》くなっていったことで、人々はこの地を支配する神——ミズチ様の存在に気づきます。抵抗するもの、逃げるもの、様々な人がいたかと想像しますが、最終的に村の住人たちが取った道は、ミズチ様への服従でした。人々はミズチ様を畏《おそ》れ、敬い、どうにかして彼の荒ぶる神を鎮《しず》め、この地で共存する術《すべ》を模索していきます。ところが——その道はあまりに過酷で、結局人々はミズチ様と共存するための方策を見出《みいだ》すことができず、どんどんと村から女性が減っていきました」

　神屋敷も紗那も、そこで神妙に頷いた。彼らの先祖が歩んだ受難の道を思い、感じるところがあったのだろう。特に神屋敷家は、村の顔役として当時から様々な意思決定を行ってきたのだろうから……その重責は想像に余りある。

「そして時間は流れて今から五十年まえ――ようやくこの村に転機が訪れます。ふらりと村に現れた旅の法師によって、ミズチ様との契約が整備、明確化されたのです。これまでは、不特定多数の女性がミズチ様の子を妊娠させられていましたが、それが年間一人に限定され、同時にいくつかのやってはいけないこと、あるいはやらなければならないことがはっきりし、村は必要以上にミズチ様を恐れなくてよくなりました」

「……やはり改めて伝承を整理しても、ミズチ様の存在は疑いようもないと思うのですが」

　困惑をありありと滲《にじ》ませる神屋敷。空洞淵は、そうかもしれません、と曖昧《あいまい》に同意した。

「村の皆さんがミズチ様を信仰する限り、〈ミズチ様〉という神様は存在します。神様というのはそもそもそういう概念ですからね。しかし、残念ながらこの村を庇護《ひご》しているミズチ様という神様は――実在しません」

「ミズチ様が、実在しない……？　それはどういう……？」

　紗那が、不安そうに大きなおなかを抱きながら首を傾《かし》げる。

「〈ミズチ様〉というのは、実在する神などではなく、この村で発生している現象に名前を付けただけの、ただの概念ということです。実際、山頂の社には、ミズチ様を名乗る怪異が確かに住み着いていましたが、それは五十年まえ白銀の法師によって無理矢理その役目を負わされただけの、現象とはまったく関係のない憐《あわ》れな鬼でした。その鬼も、すでにこの山からは去っているので、今やこの村は、あらゆる怪異と無関係なのです」

　空洞淵の説明が回りくどかったためか、皆、ありありと不審を顔に示している。

「……意味がわかりません」神屋敷は不快感を滲ませて口を開く。「我らが信仰するミズチ様が実在しないなどとはあまりにも不敬であり、我々に対しても失礼です。いったい何を根拠にそのようなことをおっしゃっているのですか。第一、ミズチ様が実在しないのであれば、この村で起こっていることは何なのでしょうか？　娘の胎には、誰の子が宿っているというのですか？」

　村長《むらおさ》として、そして父親として、色々と心配しているのだろう。

　空洞淵は、まず神屋敷が最も疑問に思っているであろう事柄から語る。

「紗那さんは、そもそも妊娠などしていません。誰の子も、宿ってはいないのです」

「紗那が……妊娠していない……？」

　一瞬惚《ほう》けるが、すぐに怒気を滲ませて畳を叩く。

「そんなはずがないでしょう！　こんなに胎が大きくなって……！」

「落ち着いてください」空洞淵は片手で神屋敷を制する。「紗那さんの身には、妊娠ではない別のことが起きているのです」

「だからその別のこととはいったい……！」

　興奮して顔を赤らめる神屋敷とは対照的に、空洞淵は至極冷静な口調で告げた。

「紗那さんのおなかには――水が溜まっているのですよ」

「水が……？」

　ますます胡乱げに神屋敷は眉を顰める。〈幽世《かくりよ》〉の住人である彼らに、どの程度まで納得してもらえるかはわからなかったが、それでも空洞淵は丁寧に説明を続ける。

「僕の元いた場所では、こういった症状を〈腹水〉と呼んでいます。これは、読んで字の如《ごと》く、腹部――正確には腹腔《ふくくう》に水が溜《た》まった状態を指します。水と言っても、飲み水などの水分が溜まっていくわけではありません。血漿《けっしょう》、あるいは漿液などといった、体内に元からある水分が腹腔内へ染《し》み出すことによって水が溜まっていってしまうのです。漢方的には、津液《しんえき》と呼ばれるものが近いでしょうか。これが性行為を介さず、突如神の子を身籠《みご》もったかのようにおなかが大きくなる理由です」

「私のおなかには……水が溜まっているのですか」不思議そうな顔で紗那は首を傾げた。

「しかし……何故《なぜ》突然そのようなことになるのでしょう？　そもそも、一年に一人だけがそうなるのはいったい……？」

「そのあたりのことを理解していただくためには、少し昔話をしなければなりません」

　空洞淵は居住まいを正して、神屋敷家の人々を順に眺める。

「この神籠村は、かつて極楽街を離れた人々によって形成されました。そして村を作って間もなく、女性たちは次々と身籠もっていった。人は、人知の及ばないものを目《ま》の当たりにしたとき、〈神〉を見出します。荒ぶり、祟《たた》りをもたらす存在を畏れ、敬うために――。つまり、因果が逆なのです。ミズチ様という神がいたから、女性たちが身籠もったのではなく、女性たちが突然身籠もったので、ミズチ様という神の仕業であると、当時の人々は考えたのです」

「そんな……！」

　口元に手を当て、紗那は目を見開く。

「では、神の御業《みわざ》でないのだとしたら、いったい何故……？」

「女性たちを身籠もらせたのは、神ではありません」

　空洞淵は、それを告げた。

「この村に潜む怪異の正体――それは寄生虫です」

3

　寄生虫、という言葉に、おそらく耳馴染《なじ》みがなかったのだろう。座敷に集まった面々は皆、不思議そうに目を丸くしている。

「寄生虫とは、生物の体内に入り込み悪影響を及ぼすとても小さな虫のことです。目には見えないほど小さな虫が、神籠村の人々の体内に入り込み、その結果、腹水という症状を呈していたのです」

「――虫が、悪さをするの？」

不思議そうに綺翠は尋ねた。

「そう。体内に入り込んだら、虫は異物だからね。それを追い出そうとして、身体は様々な反応を起こす。熱を発生させたり、異物を攻撃したりね。でも、一番怖いのは、卵を産み落とされることだ。体内でどんどん増殖をしていくし、それによってまた生み出された大量の卵は、いずれ血管を詰まらせたりもする」

その光景を想像してしまったのか、花喃と紗那は同時に顔をしかめる。

「でも、虫が原因ならば、どうして女の人だけにそれが現れるの？」と綺翠。

「その理由は、この村の分業にある」

空洞淵はゆっくりと、丁寧に伝承を紐解《ひもと》いていく。

「この村は、入植した当時から土地が肥沃で、さらに山では石灰石が取れたという。半ば必然的に、男性が力仕事である採掘を、女性が丁寧な仕事を要求される農業を、というふうな分業制が生まれたのだろう。しかし、それこそが悲劇の始まりだった。仕事で水を扱う女性だけが、集中的に寄生虫に冒されてしまったんだ」

「でも、男の人だって水くらいは飲むでしょう？　それなのにどうして女の人だけが？」

鋭い質問だった。いよいよ話は核心に近づいている。

いつの間にか給仕されていたお茶を一口啜《すす》ってから、空洞淵は答える。

「それはね――。この寄生虫が、口からではなく、皮膚から体内に入り込むものだったからさ」

「皮膚から……虫が？」

理解できない、というふうに綺翠は口を曲げた。他の面々も似たような反応だった。

「少し想像しづらいかもしれないけど、目に見えないほど小さな虫が水の中を漂っていて、水に手や足を浸《つ》けた人の皮膚を食い破って、身体の中に直接入ってくるんだ。だから、女性ばかりが寄生虫に感染し、結果、腹水という症状が懐胎と誤認されてしまった」

女性の腹部が膨れていたら、誰だって最初は妊娠を考えてしまう。そしてその末に――村の女性を身籠もらせる、荒ぶる神としてミズチ様が生み出された。

寄生虫の名は、日本住血吸虫《じゅうけつきゅうちゅう》。かつて甲府盆地を中心として感染を広げ、住人に恐れられていた寄生虫だ。

日本住血吸虫は、セルカリアと呼ばれる特殊な幼体として人体に侵入する。

「この寄生虫は、人体に入ると血流に乗って肝臓まで移動します。そこで成虫となると、再び血流に乗り、今度は消化管まで移動する。大量の卵を産み落とすために、です。このとき生まれた卵が、一部再び血流に乗り、血管を閉塞《へいそく》させる原因となります。肝臓の血管が閉塞されると肝硬変となり、それによって腹水が発生する」

肝硬変により門脈圧《もんみゃくあつ》が上昇し、腹水や食道静脈瘤《りゅう》に繋《つな》がる。そして食道静脈瘤が破裂すると、大量の吐血をする。ミズチ様の花嫁に選ばれた女性は、最後血を吐いて死ぬと言われているが、その症状とも一致する。

「その、つまり紗那の症状は、小さな虫が原因の病気、ということなのでしょうか？」

難しい表情を浮かべながらも、神屋敷は辿々《たどたど》しく尋ねた。

「そうとも言えますし、そうではないとも言えます。このあたりは、少々複雑な事情が絡んでいるのです。もう少しだけ、僕の話に耳を傾けてください」

神屋敷は大人しく黙り込んだ。空洞淵はお茶で口を湿らせてから、再び語り始める。

「ようするにこの山には、元々寄生虫が住み着いていたのです。しかし、それを知らない開拓者たちは、肥沃な土地だと喜びながらここに村を築き、そして真正面からこの恐るべき感染症と向き合うことになりました。その後の五十年は、まさに祈りと諦《あきら》めの時代だったことでしょう」

十和《とわ》婆《ばあ》様の言葉を空洞淵は思い出す。

今さら街にも戻れず、他に行き場がないなら、不幸なことはあるけれど、ここを終《つい》の棲家《すみか》に選んだとしても不思議はないさね。

どれほどの思いで、彼らがこの村に住み続けたのかは、空洞淵のような部外者には想像することもできないけれども……。それしか選択肢がないほど追い詰められていたというのは、確かだろう。

突然〈幽世〉という見知らぬ世界に放り出されながらも、綺翠や金糸雀といった有力者から加護を与えられ、安穏と日々を過ごしている空洞淵にはわからないような、覚悟と諦観《ていかん》。

「そして、いよいよ村の存亡の危機が差し迫ってきたある日、村に白銀の法師が現れました。その逸話は、皆さんのほうがよくご存じでしょう」

神屋敷の面々は皆、思い思いに頷いた。

「白銀の法師は、ミズチ様と話をしてきた、と告げたそうですが、先ほども申し上げたとおりこの山には元々、ミズチ様などという神様は存在しなかったので、それは嘘《うそ》だとわかります。法師がしたのは、ただ山頂の社に、神の代理を立てただけだった」

そこで申し訳なさそうに花喃が挙手をした。

「……しかし、法師様は、白酒《しろざけ》により女衆が孕んでいたミズチ様の子種を流したと言われていますし、実際法師様が現れて以降は、年に一人だけが花嫁として選ばれるようになりました。先生のお話とは辻褄《つじつま》が合わないように思われるのですが」

的確な指摘だ、と空洞淵は内心で舌を巻く。

「これは僕の予想ですが、白酒の正体は、駆虫薬――つまり、体内に入った寄生虫を取り除く薬や、利尿薬などの腹水を取り除く薬が混在された液体だったんだと思います。村の惨状を見て、即座に寄生虫が原因であることを悟った法師は、別の世界から薬を持ってきて、感染者たちに与えた。ただし、病状が進行している場合には治癒効果が認められないから、法師の白酒を飲んで助からなかった人も大勢いたと思いますよ。それでも、効く人には絶大な効果を与えた――」

月詠が神籠村に現れたのがちょうど五十年まえなのだとしたら、使ったのは当時最新の駆虫薬であったプラジカンテルあたりだろうか。日本では、日本住血吸虫症が根絶した関係で適応になっていないが、世界ではまだ住血吸虫症は猛威を振るっており、五十年近くまえに開発された薬ではあるが、今も使用され続けていると聞く。

しかし、肝硬変が進行してしまっている場合には、いくら体内の住血吸虫を死滅させたところであまり意味もない。利尿薬で腹水を体外へ排泄《はいせつ》すれば、多少ＱＯＬ（生命の質）は回復するだろうけれども……。

　元より、駆虫薬は体内に産み落とされた卵に対しては無力なため、あくまでも対症療法でしかないはずだ。しかし、それによってたちどころに女衆が健常な状態に戻ったそうなので、おそらくプラセボ効果を利用した何らかの感染怪異も操っていたのだろう。完全に医療の範疇を超えているが、月詠ならば造作もないことなのかもしれない。

「とにかく、助かった村人が出たために、村のみんなは法師の言葉を信じてしまった。いや、この場合は、信じることが正解だった、というべきかな」

「信じることが正解だった？」不思議そうに花喃は反復する。

「そう。村中の人が、法師の言葉を信じたんだ。ミズチ様と話をしてきて、これからは一年に一人だけが花嫁に選ばれる、という言葉を。そしてその結果、新たな感染怪異が生まれた」

　そこでようやく、先日、山頂の社の前で語った推理に行き着く。

「つまり法師の目的は、村人に嘘の説明を信じさせることで、新たな感染怪異を生み出し、それによって寄生虫の蔓延という現実を改変してしまうことだったんだ」

　この一帯に蔓延《まんえん》していた日本住血吸虫症を治療するためには、日本住血吸虫それ自体を根絶しなければならない。それには途方もない年月と、根気強い作業が必要になる。ここが〈現世《うつしょ》〉だったならば、行政や機械の力を借りて、どうにかそれができたかもしれない。しかしここは〈幽世〉で、さらには金糸雀の目も届かない僻地《へきち》だ。

　物理的な根絶が難しいことを悟った月詠は、ならばとこの村で発生している日本住血吸虫症という現象それ自体を、感染怪異によって上書きしてしまうことにしたのだ。

　言い換えるならば——月詠は嘘によってこの村を救おうとした。

「法師のおかげで、村に蔓延《はびこ》っていた寄生虫による感染症は、それまでまことしやかに囁《ささや》かれていた〈神の子を孕む〉という噂から発生した感染怪異に置き換わった。そしてそれ以降、法師の狙いどおり、年に一人の女性だけが寄生虫症類似の症状を呈するようになったわけです」

「では、ミズチ様を崇《あが》めるように、というような法師様の助言は、その嘘の信憑性《しんぴょうせい》を高めるためだけの方便だったのですか……？」紗那が、眉間に皺《しわ》を寄せながら尋ねた。

「いえ、一概にそうとは言い切れません。法師が村人へ伝えたミズチ様を崇める旨《むね》の助言の裏には、密《ひそ》かに別の意味があったんです。そもそも、寄生虫はこのあたりに元々生息していたものです。たとえ、感染怪異によって現実を書き換えたところで、またいつそれが発生するかわかりません。そしてそうなったときに備えて、男性が水に触れることを徹底的に禁じました。これは、万が一にも男性に寄生虫を感染させないためです。それまでも、偶然の分業により男性の感染者は女性よりも圧倒的に少なかったでしょうが、念には念を入れて。何故ならこの感染怪異のキモは、〈神の子を孕む〉という部分だからです。もし男性の感染者が現れてしまったら、この感染怪異そのものが疑われ、効果を失ってしまうかもしれない。そうなっては、元の木阿《もくあ》弥《み》だから——後の世でも男性の感染者を極力出さないよう、助言として村人に伝えたのです。逆に言えば、生水に触れたことのある女性だけが、この感染怪異の対象になってしまったわけです」

男性は穢《けが》れを運ぶという嘘の教えは、五十年後の現代でもしっかりと守られている。

「また、収穫祭の最後、川に清めの灰を流しましたね。あれにも重要な意味があります。確か清めの灰は、石灰石を焼いたものだという話でしたが……。石灰石の主成分は炭酸カルシウムという物質で、それを焼くことによって酸化カルシウム——生石灰が得られます。そしてこの生石灰は、強力な殺貝剤になるのです」

「さつばいざい？」

聞いたことがない、というふうに花喃は首を傾げた。

「貝を殺す薬剤と書いて、殺貝剤。実はこの寄生虫は、この辺りの川に住むある特定の貝を中間宿主——つまり、仮の宿主として成長する特性を持っているんだ。つまり、寄生虫それ自体を根絶できなくても、この仮の宿主の貝さえ根絶してしまえば、結果的に寄生虫もいなくなることになる」

ある特定の貝——。カタヤマガイ、あるいは日本住血吸虫の中間宿主特定を果たした宮入慶之《みやいりけいの》助《すけ》博士の功績を称《たた》え、ミヤイリガイとも呼ばれている。

「先ほども言ったように、たとえ感染怪異によって現実を書き換えたところで、またいつ寄生虫が発生するかはわからない。だから、定期的に川へ殺貝剤である清めの灰を散布させることによって、仮の宿主である貝が増えないようお膳立てをしたんだ」

すべては、末永く村人を寄生虫感染症から守るために。

「でも、それならどうして年に一人なんて条件をつけたの？」綺翠は眉を顰める。「もしも、本当に村を救うつもりで新たな感染怪異を生み出したのだとしたら、初めからその悪い虫や宿主の貝そのものをなくしてしまう方向で現実を書き換えればよかったのに」

「本当は、法師もそうしたかったんだと思う」空洞淵は頷く。「でも、それができない事情があったんだ。実際のところ、五十年まえに法師が感染怪異を生み出した時点で、一度は寄生虫も宿主の貝もこの一帯からは根絶しているんだと思う。そしてそんな壮大な奇跡は、偽りの神様を立てることによって、かろうじて成立し得た。それは言い換えるならば、村人の〈ミズチ様〉への信仰心が強かったからこそ、現実の書き換えが可能だったとも言える。しかし、村人の被害が途端になくなってしまったとしたらどうだろう？　十年、二十年と経《た》ったとき、〈ミズチ様〉は果たしてかつてと同じように強く信仰されるだろうか？」

空洞淵の問い掛けに、綺翠は神妙な顔で首を振った。

「――かつてと同じように、というのはまず無理でしょうね。〈祟らない神〉など、普通は畏怖《いふ》の対象にすらならない。いずれその存在自体は、人々の間から忘れ去られてしまうでしょう」

「むしろそれが自然だね。〈ミズチ様〉への信仰心がなくなってしまえば、当然法師の教え自体も熱心には守られなくなる。そして、先ほども言ったとおり、この辺りは元々環境的にも寄生虫や貝の生存に適していた。またいつ外部からそれらが持ち込まれ、繁殖して村人に牙《きば》を剝《む》くかわからない。それを防ぐために、法師は様々な教えを残したというのに……。では、〈ミズチ様〉への信仰心をこの先ずっと維持し続けるためにはどうすればよいか。答えは簡単だ。犠牲者を出し続ければいい」

「では、まさか――！」

　花喃が目を見開いて身を乗り出した。空洞淵は大仰に頷いた。

「そう。つまり、信仰心を維持し続けるために、年一人という最低限の犠牲者が必要だったんだ」

　喉元《のどもと》過ぎれば熱さ忘れる――ということわざがある。

　とかく人は痛みに鈍感であり、ともすればすぐに忘れてしまう。

　それは生きるために必要なある種の防衛機能でもあるのだが……世の中には決して忘れてはいけないこともある。

では、決して忘れてはいけないことを、決して忘れないようにするためにはどうすればよいか。

それは、定期的に痛みを与え続けるしかない――。

「――諸々《もろもろ》の結果、生水に触れたことのある女性が、毎年一人だけ、寄生虫感染症類似の症状を発症する土壌が生まれました。紗那さんと花喃さんは、幼い頃、川に入って怒られたそうですね？」

空洞淵の確認に、姉妹は思い思いに頷く。

「たった一度のそれであっても、あなたたち姉妹は、ミズチ様の花嫁に選ばれる条件を満たしてしまった。本来神屋敷の女性は、稲作を行わないために、これまでたまたま花嫁に選ばれていなかったのですが、不幸な偶然が重なり、紗那さんが今年の花嫁に選ばれてしまったのです」

ようやく、始まりの話題に辿り着いた。あと少し、と空洞淵は最後の仕上げに取り掛かる。

「さて――僕からのお話は以上です。僕の主張は、ミズチ様という神は実在せず、この村で起こっている現象はすべて寄生虫症とそこから生まれた感染怪異によって説明できる、ということです」

「しかし……先生」

難しい顔で空洞淵の話を聞いていた神屋敷は、まだ納得がいっていないのか不満げに問うた。

「事実が何であれ、我々が信仰によって救われてきたことは紛れもない真実なのでは……」

「……はい」

痛いところを突かれてしまったが、ここではったりを利《き》かせたところで意味もないので正直に答える。

「……確かに僕は今、皆さんにとっての〈真実〉を別の側面から説明したに過ぎません。ですが、これによって僕は、紗那さんを救うための新たな可能性を提示できます」

空洞淵の言葉に、神屋敷はぴくりと肩を震わせる。

「紗那さんの身に今起きていることは、神の子を宿すという奇跡などではなく、ただの感染怪異です。それはこちらの綺翠――御巫神社の巫女が証明してくれます」

片手で綺翠を示す。綺翠は背筋を伸ばして続ける。

「申し遅れましたこと大変申し訳なく存じます。私は、御巫綺翠と申します。この〈幽世〉で、怪異全般の調停などを行っております」

「なんと……。お噂《うわさ》は、かねがね……」

まさに恐る恐るといった様子で神屋敷は唾を飲み込んだ。

「ただ今こちらの空洞淵から説明がございましたとおり、紗那さんには感染怪異が取り憑いております。私でしたら、それを祓うことができます」

「本当ですか、巫女様！」

神屋敷は身を乗り出す。空洞淵は片手でそれを制する。

「綺翠ならば、紗那さんを救うことができます。このままでは紗那さんは、そう遠くない将来、亡くなることでしょう。これまでの花嫁と同じように」

「ならば巫女様お願いします！　どうか……どうか紗那をお救いください！」

神屋敷は、畳に両手を突き、額を擦《こす》りつけるように頭を下げた。

しかし、綺翠も空洞淵も反応は淡泊だった。

「頭を上げてください」と空洞淵。「本当のお話はここからです」

「本当の、お話とは……？」不安そうに神屋敷は頭を上げた。

「少し冷静になって考えてみてください。あくまでも僕が語ったことは、〈論理〉でしかありません。この村には伝承があり、信仰があり、実際問題少なくともそれによって表面的には平穏がもたらされています。これまで五十年もの間守り続けてきたそれを、今このとき一時的な感情でなかったことにしてしまってよいものでしょうか？　紗那さんを救うことは、すなわち五十年に及ぶ伝承と法師の助言を、否定することと同義です。五十年の間、年に一人選ばれる花嫁という犠牲の上に成り立ってきたその意味を、今一度考えていただきたいのです」

それが空洞淵の一番気掛かりなことだった。

紗那を救うことはそれほど難しくない。すでに一度福助を祓い、綺翠の力がこの現象に対して有効であることは証明されている。

問題はその先――この村が今後どうあるべきかということだ。

紗那の感染怪異を祓ってしまったら、村人の大半は、伝承が真実ではなかったことを悟るだろう。そしてやがてその認知が閾値《いきち》を超えたとき、神籠村の伝承は本当の意味で終わりを迎える。

殺貝剤を定期的に川へ散布したとしても、いずれまた日本住血吸虫が発生し、その犠牲者が出るかもしれない。そしてその場合、百年まえのように多くの女性が犠牲になるだろう。いや、月詠の教えそのものがなくなるのだとしたら、今度は男性も感染していくはずだ。

紗那を救うことで、将来的な犠牲者を増やしてしまう可能性は決して否定できないのだ。

しかし、もしここで紗那を犠牲にする決断をすれば、少なくとも将来的な犠牲者はこれまでと同じように最低限で済む。

そのどちらの選択が正しかったのかがわかるのは、おそらく百年ほど先のこと。

空洞淵は、紗那を見やる。大きくなったおなかをつらそうにさすりながらも、彼女は確たる意志を込めた瞳《ひとみ》で空洞淵を見返していた。

「――空洞淵先生。私は……伝承を守るべきだと思います」

「お姉様……!?」

花喃の悲痛な声が響く。紗那は優しい笑みで妹を制して、告げる。

「空洞淵先生のお話は、十全にとまではいきませんが、それなりに理解したつもりです。〈ミズチ様〉という神様は実在せず、私のおなかに宿っているものもまた、ミズチ様の子ではない。すべては五十年まえ、法師様が村を救うために生み出した〈怪異〉だったのだと、そういうことですよね」

「そのとおりです」空洞淵は低い声で答えた。

「しかし、最初に先生がおっしゃったとおり、村の人たちがミズチ様を信仰している限り、この村にはミズチ様という神様が、確かにいらっしゃるのでしょう？」

紗那は、巫女である綺翠に視線を向ける。綺翠はどこか気まずげに小さく頷いた。

「……はい。それが本来の信仰の意味でもあります。神様が実在するか否か――それは、信仰の本質とは無関係です。誰かが神様を信じる――その瞬間、その人の心の中には神様が顕現するのです。信仰とはすなわち、心の所作とも言い換えられます」

心の所作――かくありたいと願う人々の想《おも》いが、〈神〉を作り、そして、その神が本物の力を持つ。

それがこの〈幽世〉という世界。

本来神様とは、実在しないものだ。それでも、多くの人々がその存在を信じ、信仰というものが生まれている。

つまり、ミズチ様が実在しようがしていまいが、村人がそれを信じているのであれば、現状と何も変わりがないといえる。

「実際、その信仰により村は豊穣《ほうじょう》と安全を約束されています。大きな災害や、あるいは病に苦しめられることなく、今日まで私たちが過ごしてこられたのは紛れもなくミズチ様と、そしてこれまで犠牲になられてきた花嫁の皆様のおかげです」

そう。それはどうしようもない真実で――。

ミズチ様の信仰が月詠によって作られたものであろうがなかろうが、そんなことは些《さ》事《じ》でしかなく、この五十年間ひたすらに村を守り続けてきたことには変わりないのだ。

「それを私たちの代で、無為にしていいはずがありません。〈一年一子の死の掟《おきて》〉に従い、私が今年死ぬだけで、村は向こう一年大きな災いに見舞われることなく存続できる。それは初めからわかりきっていたことであり、空洞淵先生のお話を伺った今でも、その考えが揺らぐことはありません。私はこの村のために、喜んで命を差し出しましょう」

「でも、お姉様……！」

花喃は、涙声で必死に反論を試みる。

「今、私たちは歴史の岐路に立っているのです……！　お姉様の決断が、この先何十年、いえ何百年と先の、ミズチ様の花嫁となって命を散らすであろう女性たちを救うことになるかもしれないのですよ……！」

「理解しています。そしてそれと同時に、ミズチ様の信仰を捨てることで、村に大きな災いが訪れるかもしれない最悪の可能性も含めて。私は……花喃やお父様を危機に曝《さら》してまで生き延びたいとは思いません。一年に一人という最低限の犠牲で安全が保証されるのであれば……甘んじてそれを受け入れるべきです」

頑《かたく》なに——紗那は考えを改めない。

おそらくそれは、花嫁に選ばれた日からずっと考え続けた末の結論なのだろう。

死にたくないという己の本音と、自身の死によって生じるあらゆるメリットを比較した上で——彼女は後者を選択した。

この村で起こっている事象の真相など、彼女には関係ないのだ。

ただ信仰によって生まれた絶対的なメリットを、守ろうとしているだけ——。

部外者である空洞淵に、その思想を否定する権利はない。

それでも、一つだけ言っておかなければならないことがあったので、空洞淵は姉妹の間に割って入った。

「紗那さんのお気持ちはわかりました。僕はあなたがどのような決断をしようと、その意思を尊重したいと考えています」

「……ありがとうございます、空洞淵先生」

「しかし、一つだけ大きな誤解をされている可能性があるので、そこだけは改めて説明させていただけませんか」

「誤解、ですか……？」

「はい。ミズチ様の花嫁が毎年命を落とす、と決めたのは、ミズチ様でも〈白銀の法師〉でもありません。……それは、あなたたち村人自身なのです」

突然水を向けられ、皆戸惑ったように眉を寄せた。

「『ひとととせいっしのしのおきて』――この言葉に隠された本当の意味をお話しします」

急に童歌の一節を口にした空洞淵に、紗那は不思議そうな顔を向けた。

「先ほどあなたは、こう仰《おつしや》いました。〈一年一子の死の掟〉に従い、私が今年死ぬだけだ、と」

「確かに申し上げましたが……？」

紗那は訝しげに首を傾げた。

「これは、法師が残した石碑に刻まれた句で、村人ならば誰もが知っているもののはずです。童歌になったのも、ミズチ様への信仰ゆえでしょう。しかし、疑問に思ったことはありませんか？　何故法師はわざわざひらがなでこんな不思議な句を残したのでしょう？」

「それは……この村の掟を、皆が忘れないようにするためでしょう。ひらがななのは……子どもでも読めるように、とか？」

「本当にそうでしょうか？　冷静に考えたら、石碑などなくとも、村人のミズチ様の信仰心を利用したいくつかの〈教え〉は、しっかりと皆さんの心に根づいているのです。というか、石碑に刻まれている句は、ただ神籠村の伝承を要約しただけであり、本質的に意味のある言葉ではないのです」

　かごめ歌の部分は言わずもがなだし、〈ひととせいっし〉も〈しょうき〉も改めて伝えるほど重要な事柄とも思えない。何より〈あなのそこから〉の部分など意味不明だ。

「つまり、あの石碑はもっと別の明確な目的のために建てられたと考えられるのです」

「別の目的、ですか……？」

「先日、十《と》和《わ》婆《ばあ》様から〈白銀の法師〉のお話を伺いました。そのとき〈白銀の法師〉は『この先、毎年一人だけがミズチ様の花嫁として選ばれることになる』と言っていたそうです。彼女は、法師をその目で見て、法師の言葉をその耳で聞いたまさに生き証人です。きっとそれは一言一句違《たが》わずに、法師から告げられたことのはず。だとしたら……おかしくありませんか？　法師は一度として、〈花嫁が毎年死ぬ〉とは言っていないんですよ」

何を言われたかわからないというふうに、紗那は目を瞬《また》かせた。

「え……でも、それは……花嫁に選ばれた娘は、血を吐いて死ぬのだと……」

「確かにそれは一つの事実です。しかし、その時期までは指定していません。たとえ最終的に血を吐いて亡くなるのだとしても、その猶予《ゆうよ》は人によってまちまちのはずなのです。そもそも法師は、村を守るためにこの信仰を作り出したのです。ならば、花嫁がすぐに死ぬような無慈悲な掟は作らないはず。毎年一人が花嫁として選ばれる、というのはあくまでも定期的な犠牲者を出すための方便にすぎません。そこに追い打ちを掛けるような真似を、〈白銀の法師〉が本当にすると思いますか?」

空洞淵の問い掛け。紗那の瞳が迷いに揺らいだ。

「し、しかし、石碑には確かに……」

「はい。ですから、そこが誤解であると僕は言いたいのです」

空洞淵は、神屋敷親子を順番に眺めてから穏やかに告げる。

「つまり、童歌のあの歌詞は〈一年一子の死の掟〉、毎年一人が死ぬ掟、ということではなく〈一年一子の師の掟〉、つまり毎年一人が花嫁として選ばれるという法師の掟、とするのが本来は正しいのです」

「ちょ、ちょっと待ってください……!」沈鬱《ちんうつ》な表情で俯《うつむ》いていた花喃が顔を上げて身を乗り出した。「それは、どういうことなのですか……?」

「つまり、花嫁が一年以内に命を落とす、というのは、ミズチ様との契約でもなければ、法師の教えでもない、ただ石碑を読み間違えたことによって生じたということです」

漢字で残されていれば、決して生じなかった誤解。

そして最大の問題は、ここが〈幽世〉であるということだ。たとえそれが誤解であったとしても、多くの人が信じてしまったのであれば、それは現実を容易に書き換えてしまう——。

「で、では……法師様から授かった村を救うための掟を、今の形にしてしまったのは……」

声を震わせる花喃。空洞淵は神妙に頷いて答えた。

「そう、紛れもなく——あなた方、神籠村の住人たちです」

花喃も紗那も言葉を失う。

これまでは、村の平和のため、神に捧《ささ》げる犠牲と考えていた花嫁が、その実、村人の誤解によって命を落としていたのだと知り、ショックを受けているのだろう。

極論を言ってしまえば、無自覚とはいえ、村の平和のために、村人自身が花嫁に選ばれた女性を殺していたことになるのだから……そもそも伝承の意義自体も変わってきてしまう。

確かにそれによってもたらされるものは村の平和かもしれないが、その平和の意味合いもまたがらりと変わってしまう。

犠牲になってきた女性たちは、果たしてミズチ様の花嫁だったのか、それともただの村人の総意による人身御供《ひとみごくう》だったのか。

提示されたのは、ある意味においてこの上なく残酷な現実と言えるかもしれないが……本題はそこではない。空洞淵は穏やかに続ける。

「ですが、あなた方が責任を感じる必要はありません。これはすべて、法師の企《たくら》みなのですから」

「法師様、の……？」

放心したように紗那が呟《つぶや》いた。

「法師は、村人が誤解するであろうことまで計算した上で、あの石碑を残したのです。そうでなければ、わざわざひらがなで句を刻んだことの説明がつかない」

「し、しかし、何のために法師様はそのようなことを……」

動揺のためか、神屋敷はやつれた顔をしていた。

「法師の究極の目的は、寄生虫の被害を最小限に抑えることでした。感染者を一年に一人、と限定するだけで、十分目的は果たしているのです。しかし、このままではわずかに綻《ほころ》びがあり、伝承が機能しなくなる可能性がありました。ですからその綻びを是正するか否か、最終的な判断を村人の皆さんに託したのです」

皆固唾《かたず》を呑んで、空洞淵の言葉を待っている。最後の仕上げとばかりにお茶を飲み干してから空洞淵は続ける。

「綻び——それは、花嫁の死期の問題です。花嫁は、婚礼の儀を終えた後、山頂の社でミズチ様の伴侶《はんりょ》となります。外界と隔離させたのは、花嫁が神様に嫁入りした、という神秘性を高めるのと同時に、本当はミズチ様の子どもを妊娠しているわけではないという真相を確実に秘《ひ》匿《とく》するためでしょう。しかし、一年以内に花嫁が死なないのであれば、年を追う毎に花嫁が重複していき、二人、あるいは三人など複数になってしまうこともあるかもしれません。先ほども申し上げたとおり、山頂の社には、ミズチ様ではない別の怪異が住み着いていました。正確に言うのであれば、法師によって無理矢理〈ミズチ様〉という役割を与えられた憐れな鬼なわけですが……。当然、そんな鬼と共に社で暮らせば、花嫁はすぐに鬼の正体や伝承の真相にも気づくはずです。では、花嫁がどんどんと増えていったら、どうなるでしょう？」

問い掛けるが答えは返ってこない。少し抽象的でわかりにくいか、と空洞淵はすぐに話を進める。

「真相を知る人が増えるということはつまり、その認知が広がっていくということです。そうなった場合、せっかくお膳立てをした新たな感染怪異が崩壊して、また無差別に女性が寄生虫の犠牲になってしまう可能性が出てきます。つまり、この新たな感染怪異の運用を安定して続けるためには、花嫁が重複しないほうが都合よく、そのためには一年以内に死んでしまうほうが望ましいのです。しかし、これはあくまでも保険の話です。そのままでも何事もなく伝承が受け継がれていく可能性だって十分あります。万が一の事態に備えて、〈死の掟〉を盛り込むことが本当に村のためになるのか。おそらく、その結論に迷った法師は、最終的な判断を村人に託したのです。あの石碑の句によって」

そこで綺翠は、なるほど、と小さく呟いた。

「——つまり、〈師の掟〉と〈死の掟〉、二つの意味で取れるような言葉をあえて残すことで、その解釈を村人に託したということね。村人がどのようにその言葉を解釈するかによって、最後の綻びが解消されるかどうかが決まる……」

「そのとおり」

空洞淵は重々しく頷いた。

「〈師の掟〉として伝われば、花嫁の犠牲はわずかに減ることでしょう。しかし、それには、真相が明るみに出て伝承が機能しなくなるという極めて重大な危険性がある。反対に〈死の掟〉として伝われば、毎年花嫁は命を落とし、その代わりより強固な伝承と、それに伴った篤《あつ》い信仰が生まれることでしょう。真相からは遠ざかりますが……それも決して悪いことではないはず。そして、最終的にこの村は、後者を選択しました。真実よりも、神秘を選ばされたのです」

一呼吸置いてから、空洞淵は最後を締める。

「僕がお伝えしたかったのは、今この村は、改めてその選択の機会を得た、ということです。真実に目を向けるのか、それともこれまで同様、神秘に縋り続けるのか。かつては、選択の余地すらなく、神秘に縋る道を選ぶしかなかったあなた方が、改めてその重責を問われている……。どうか、五十年先まで後悔のない道を選択していただければと思います」

沈黙が満ちる。

さすがに急にこんなことを言われても、すぐに結論など出せないだろう。言いたいことだけを言ってから、すべての判断を紗那たちに丸投げするのはずるいと思い、空洞淵は少しだけ補足する。

「……信仰や伝承というものは、少しずつ本質から逸《そ》れていくものです。誰かの意図、あるいは無意識の集合などによって、どれだけ堅実に維持しようとしても、時間によって絶対に変化してしまう。なればこそ、それを頑なに守ることの意味を考えていただきたい。紗那さん。あなたが命を賭《と》してまで守りたいと考えているものは、いったい何なのでしょう？　ミズチ様の信仰ですか？　それとも法師の教えですか？」

空洞淵の問い掛けに、紗那はふるふると首を横に振った。

「……いいえ。私が本当に守りたいのは……この村と、家族です」

「そうですよね。でも、あなたがここで伝承どおり命を落としてしまったら、あなたを死に至らしめた遠因は生き残った村人にも求められてしまいます。あなたは大切な家族に、あるいは村の子どもたちにそのような罪を背負わせる覚悟がありますか？」

「……紗那」

「お姉様……！」

神屋敷と化喃は心配そうに紗那を見つめる。

「……」

再びの沈黙。やがて身重の姉は、大切な家族の顔を交互に見て、いいえ、と小さく呟いた。

「すべては私たちの弱さゆえに、過ちが重ねられてきただけなのですね……」

嘆息を零し、紗那は続ける。

「……伝承を、今の形で後世に残すことは、村のためにならないと思います。この先選ばれるであろう花嫁やその家族も、ミズチ様との契約を思えば夭逝《ようせい》の悲しみにも耐えられるやもしれませんが、それが実際には村の無自覚の総意によってもたらされるものであると知れば、失望することもあるでしょう。何も知らず、ただこれまでどおりの安寧を暢気《のんき》に享受《きょうしゅ》することはもはや許されません。私は今年の花嫁として、村人すべてにこの村で起こっていた本当のことを話したいと思います」

「では、お姉様――！」

花喃は色めき立つ。紗那は重々しく頷いた。

「空洞淵先生、巫女様。――どうか私の身体に憑いた神の子を祓ってください」

畳に手を突き、少女は深々と頭を下げた。

「……いいのですね？」

改めて確認する。おもむろに顔を上げた紗那は、空洞淵の眼を真《ま》っ直《す》ぐに見つめながら、はい、と再び頷いた。

「村が平和であることは、とても素晴らしいことだと思います。しかし、それは本来享受するものではない、過分な平和なのですよね。それが神様の意思によってもたらされているのであれば、人の身には抗《あらが》えぬ運命と受け入れられましょうが、一部人の意思によってもたらされているのであれば、話は変わってきます。村の外には、当たり前のように水害や疫病《えきびょう》が存在し、人々は自らの意思によってそれらに抗い、生活を営んでいるのでしょう？　ならば我々も、仮初めの平和を捨て、同じような道を歩むべきです。少なくとも、毎年一人の命と引き換えに平和を与えられている現状よりは……健全なはずです」

紗那の強い決意に感銘を受けていると――。

「――より言ったで、紗那ちゃん」

突然廊下のほうから声が響き、皆驚いて視線を向ける。するとそこには、十和婆様と権次《ごんじ》の姿があった。

「権次、おまえ何を……」

戸惑いながらも声を上げる神屋敷だったが、それを制するように十和婆様が答えた。

「五兵衛や。権次を責めんでやってくれ。私が無理矢理上がり込んだんじゃ」

十和婆様は、ゆっくりとした歩調で歩み寄りながら、ちらと空洞淵たちへ視線を向けた。

「婚儀のまえに、紗那ちゃんに声を掛けようと近くまで来たら、そちらのお客人が、急いで屋敷へ入っていくのが見えてね。何かわかったのかと、権次に頼んで話を聞かせてもらってたんさね。先生方は……村の伝承をお調べになってたんじゃろ?」

どうやらすべてを見透かされていたようだ。十和婆様は、紗那の前に正座をすると、彼女の手を取りとても優しい顔で言った。

「――ほんによく、決断してくれたねえ」

「十和婆様……!」

「……私はねえ、ずっと後悔してたんだよ。若い身空で、命を散らしていく娘たちをただ見送ることしかできなくて……。どうして未来ある娘たちばかりが死んで、こんな死に損ないのばばあばかりが長生きをするんだと……。ずっと、ずっとミズチ様を恨んでおった……」

皆、何も言わなかった。否、何も言えなかった。

生き字引と言われるほど村で生き続けてきた彼女に、慰めの言葉を掛けられるものなどこの場にはいない。ただ、権次が鼻を啜《すす》る音だけが響いた。

「でも……もう、そんな思いはしなくていいんだろう……？　ミズチ様の子など初めからいなかったんだろう……？　ほんに、今日ほど嬉しくて、悔しい日はありゃせんで……。まして、花嫁の娘たちが私らの誤解で死んでいってたなんて……このままじゃ、娘たちや家族に顔向けできんね。今まで村のために犠牲になっていった娘たちのためにも、これからは大人が責任を取らにゃならんで」

「十和婆様……！」

ついに紗那は堰《せき》を切ったように泣き出した。年の離れた老婆に抱きつき、年相応に嗚《お》咽《えつ》を零《こぼ》す。そっとその背中を撫《な》でながら、十和婆様は続ける。

「こんなに可愛《かわい》い娘っ子に、村の平和なんて重荷を負わせて……。村の大人として情けないばかりじゃ。――なあ、先生や」

不意に水を向けられるが、すぐに空洞淵は、はい、と応じる。

「たとえば、その寄生虫って小さな虫は、水に直接触れないことで、身体に入ることを防ぐことができるんかいね？」

「はい」空洞淵は頷く。「田んぼで作業をする女性が、直接水に触れないような工夫をすることで、ほぼ完全に防ぐことができます。また用水路などを石材などで舗装し、貝が住み着かないような環境を整えることも重要です。しかし……言うは易《やす》いですが、実際にそれを行うのは、至難の業ですよ。とても長い年月が掛かります」

試すように十和婆様を見返す。それでも最長老は、構わんね、と笑った。

「若い娘を犠牲にすることと比べたら、なんて楽な道のりかね。村のモンには、私から責任を持って説明しますんで――」

そこで十和婆様は、長い年月積み重なった後悔を滲ませながら、空洞淵たちに頭を下げた。

「ですんでどうか――村の大切な娘っ子をお救いください」

4

直ちに神屋敷たち一行は、村の広場まで赴き、そこで翌日に控えた婚儀の準備をしていた村人を集めた。その傍らには、一刻ほどまえまで身重だったはずの紗那の痩身《そうしん》もある。

いったい何事かと、村人は次々と広場に集まって来た。空洞淵と綺翠、そして花喃は、僅かに離れた場所から、神屋敷たちの姿を見守った。

みんなの中心にいるのは、村長である神屋敷と最長老である十和婆様、そして今年の花嫁である紗那だった。

神屋敷は、先ほど空洞淵が語ったことを掻《か》い摘まんで村人へ語る。その上で、

「――このように、娘に宿っていたミズチ様の子種は流れました。いえ、そもそもミズチ様の子種ですらなかった。すべてはただの、この村特有の奇病だったのです。娘はそれを、身を以《もっ》て証明してみせました。本当に神の子を授かっていたのであれば、神様に仕えるはずの巫女様に祓えるはずもありません」

突然のことに、村人は明らかに困惑した様子を見せながらも、神屋敷の言葉に一定の理解を示しつつ彼の決断に耳を傾けていた。

「花嫁に選ばれていた娘たちの余命を不当に奪っていたのは、我々村人の誤解でした。我々は、無自覚のまま娘たちを犠牲にし、その上で平和を享受していたのです。我々は、村のために命を落としていった娘たちのためにも、責任を取らなければなりません。偽りの神によって与えられる仮初めの安全と平和に、今こそ終止符を打ちましょう」

動揺が、波のように広がっていく。

「そしてこの奇病は、我々の強い意思と継続する力によって、克服することができます。

もう、村の若い娘を犠牲にする必要はないのです。しかし、そのためには皆さんの協力が不可欠です。ですので――どうか、お力を貸してください。今日を以て、長く続いた村の因習を終わらせましょう！」

拳《こぶし》を握り熱弁するが、どうにも村人の反応は鈍い。

体格のいい男が、一歩前に進み出た。

「しかし、村長。そんなことをして、本当に大丈夫なんですかい？　いやさ、紗那様が無事だったのはめでたいことでさぁ。それにこの先、村の娘たちがミズチ様の花嫁にならなくて構わねえ、ってのは俺も嬉しいですわ。ウチにも十になる娘がおりますんでね。でも……それで本当にミズチ様はお怒りになったりしねえんですかい？」

男の疑問はもっともだろう。これまで当然のようにミズチ様の存在を信じてきたのだから、突然実はそんなものは存在しないのだと言われても、納得しづらいのだろう。いや、少なくとも彼らの中には〈ミズチ様〉が存在するのだ。ミズチ様とは、日本住血吸虫に端を発した、この村の信仰に他ならないのだから。

ならば何だかよくわからない理屈で、蔑《ないがし》ろにしてよいものではない。

ここで空洞淵が、ミズチ様など実在しない、と論理的な説明で割って入ることは簡単だ。しかし、そんなことをしても意味はないことを、以前の事件で空洞淵は痛いほど学んでいた。

ここは〈幽世〉であり、科学よりも神秘が、論理よりも怪異が身近な世界なのだから。結局は、この世界の住民の間で、納得のいく結論を模索するしかないのだった。

男に続くように、方々から不安げな声が上がり始める。

おそらく皆、ミズチ様の花嫁を出さなくてもよい、ということ自体には賛成なのだろうが、その結果、ミズチ様の怒りを買うことを恐れているのだろう。これまでは、ミズチ様に対してこの上なく従順に暮らしてきて、豊穣と安全を約束されていたのだから、それも当然だ。

旗色を窺っていた空洞淵が、やはり駄目なのか——と、諦めかけたところで、

「……ミズチ様の怒りが、なんね」

不意に十和婆様が口を開く。その言葉に驚き、それまで騒がしかった広場は水を打ったように静まり返る。

村で最も信心深かったはずの十和婆様から、ミズチ様を軽んじる発言が飛び出したのだからそれも当然だ。

十和婆様は淡々と語る。

「そんなもんよりも、私は若い娘たちを見殺しにすることのほうがよっぽど怖いんね。……ここらが潮時じゃろう。本当は、もっと早くに決断すべきだったんじゃ……。私らは、ただ黙ってミズチ様に支配されるんじゃなくて、ミズチ様との共存の道を探ってい

かにゃならん」

さすがは神籠村の生き字引とまで呼ばれる人だ。きっとみんな小さな頃から、十和婆様には可愛がられていたのだろう。皆固唾を呑んで、彼女の言葉に耳を傾ける。

「あるいは、村に災害が起こることもあるかもしれん。これまでのような、平和が当たり前の日々にはもう戻れんかもしれん。でもな、そうなったら、みんなで力を合わせて乗り切ればええんね。本来それが、人の営みっちゅうもんじゃないんか……？　少なくとも私には、そっちのほうが性に合ってるんね」

「で、でも婆様」

先ほどの体格のいい男が、腰を屈《かが》めて尋ねた。

「それでもし、伝承と同じように瘴気《しょうき》が溢れ出して村が滅亡したら……」

「あんたデカい図体《ずうたい》して、肝っ玉の小ささはガキん頃から変わらんね」十和婆様は快活に笑い飛ばす。「したら、みんなで村を出りゃええ。そりゃ大変かもしれんけど、村の娘を見殺しにするよか……万倍ええ」

感極まったように、俯いて肩を揺らす十和婆様。慌てたように近くにいた中年の女性が駆け寄り、その小さな肩を支えた。

そのとき、「わああ！」と声を上げながら人垣から小さな影が三つ飛び出してきて、紗那に縋りついた。それは、一昨日紗那を心配して神屋敷邸に忍び込んだ美香《みか》たちだった。どの程度事情を理解したのかは定かでないものの、とにかく紗那の無事を知り、緊張の糸が切れてしまったのだろう。

紗那を取り囲むように縋りついた三人は、嗚咽しながら紗那の名を何度も呼ぶ。

その様は、胸を締めつけるように見ている人の心を動かした。

次第に、十和婆様の意見に同調する声が漏れ聞こえてくる。

十和婆様と村長が正しい、娘たちを犠牲にして何が平和か、豊作よりも大切なことはある――。

様々な肯定的意見が飛び出し、瞬く間にそれは集まった村人中に伝播《でんぱ》していく――。

世界が、書き換えられる――。

「……っ」

「空洞淵くん、大丈夫？」

いつの間にか綺翠に肩を支えられていた。今一瞬、右眼の視界が揺らいだ気がした。

どうやらそれで立ちくらみのように体勢を崩したところを綺翠に助けられたらしい。

ありがとう、大丈夫だよ、と答えて空洞淵は自力で立った。

何か今、失念していたとても大切なことを、思い出した気がする。

しかし、そのささやかな閃《ひらめ》きに思いを巡らせるよりも早く、

「ミズチ様がいないなら、こんなもの、もういらねえぜ！」

先ほどの体格のいい男が、突然、月詠が建てたという石碑を蹴《け》り倒した。

どこからともなく歓声が上がった。ますます盛り上がりを見せる村人とは対照的に、空洞淵は恐ろしいほど冷え切った感情で思考に埋没する。

石碑……いや、瘴気だ。

大柄な男の言葉が、意識に引っ掛かっていた。

月詠が、日本住血吸虫症を〈神の子を孕む〉という感染怪異で上書きすることで、村人を救おうとしたことは間違いないはずだ。その他の助言も、ミズチ様信仰を強固にするための演出であったり、あるいは何か別の意味があったりと、概《おおむ》ね理解できる。

しかし、ならば何故——ミズチ様に逆らうと山頂から瘴気が溢れ出して村を滅亡させる、などという余計な情報を付け加えたのだろうか。

一見すると、助言を守らなかった場合のデメリットを提示することで、より強く助言を守らせようとしたとも取れるが……伝承の文脈から考えるとそれは少し違うような気もする。そもそも、月詠の助言とミズチ様との契約はイコールではないからだ。

つまり、月詠の助言を守らなかったからといって、それによってミズチ様が怒るとは限らないのだ。

たとえば、福助の件がそれだ。

本来は、村に住む娘が一年に一人だけ選ばれるはずで、今年はすでに紗那に決まっていたのに、福助はミズチ様の子を孕んでしまった。それは彼が、男性が川に入るという禁忌を犯したからだろう。福助が感染怪異だった以上、現時点でこの一帯に日本住血吸虫症が復活して蔓延していることはないはずなので、彼が年に一人という条件を無視して感染したのは、禁忌を犯した罰であると解釈できる。

ということは、月詠の助言を無視したところで、ミズチ様は別段瘴気を溢れ出させるほど怒り出すことはないことがわかる。

ならば、何をしたらミズチ様に逆らうことになるのか。何をしたら山頂から瘴気が溢れ出すというのか。

月詠は、この村で起こっていた現象を見て、新たな感染怪異を作り出した。

ならば——瘴気も、この村で起きた何らかの自然現象を見て、感染怪異に取り込んだとは考えられないだろうか……？

月詠のことだから十分にそれはあり得そうだ。十和婆様の話によれば、実際過去に瘴気で一度村は滅び掛けているのだ。ならばそれは、村を壊滅させるほどの厄災で——。

次の瞬間、脳髄に電流が走る。

この村へやって来てから見聞きしたことが、脳内に高速でリフレインする。

最後に思い出したのは、石碑に刻まれていた〈虫〉の文字——。

思わず再びたたらを踏みそうになるほどの、埒外《らちがい》な閃き。

月詠が村人を守ろうとしていたのは、日本住血吸虫からだけではなかったのか！

そして、もう一つの危機の導火線には、すでに火が点《つ》けられてしまった――。

「……逃げて、ください」

無意識に口から声が零れる。隣で綺翠が、え、と小さく呟く。

しかし、彼女に事情を説明している暇はない。今度は息を吸い込み、みんなに聞こえる声で叫ぶ。

「逃げてください！　今すぐに！」

　突然声を張り上げた空洞淵に、皆驚いたような視線を向ける。空洞淵は額に冷や汗を浮かべながら、必死に叫ぶ。

「時間がありません！　荷物をまとめる暇もない！　足の悪い人は、元気な人が介助して、全員今すぐ村を出て山を降りてください！　今この場にいない人にも、すぐに伝えて！」

「ど、どうなさったのですか、先生……！」花喃が恐ろしいものでも見たように尋ねてくる。「とにかく落ち着いてくださいませ。皆、怖がっています……！」

　その場にいた村人の大半が、空洞淵の変容に引いているのがわかった。しかし、そんなことには構っていられなかった。

「……っ！　わかりました、手短に説明します！　今、この村はミズチ様の信仰を捨てました！　それによって、想定していなかったもう一つの厄災が降りかかろうとしているんです！　これは完全な僕の失態です！　いや、こんな埒外な結末、神様だって予想できない……！」

歯噛《はが》みをしながら、最後の言葉を口にしようとしたところで——。

「おい、あれはなんだ！」

不意に誰かが声を上げた。視線を移すと、遥《はる》か遠くの空を指さしながら、男が惚《ほう》けたような顔をしていた。

皆釣られるように、指先の示すほうへ視線を向ける。

——社のある山頂付近から、黒い靄《もや》のようなものが溢れ出しているのが見えた。

巨大な靄は意思を持っているかのように蠢《うごめ》きながら、山肌に沿ってこちらへ向かってくる。

遅かった——、圧倒的な絶望に空洞淵は膝を突きそうになる。

皆不思議な顔で、山頂の靄を見上げていたところで、取り分け視力のよいものがその正体に気づいた。

「ありゃ……ひょっとして、イナゴの群れじゃないか？」

すべてを知る空洞淵は、この世の終わりのような声で答えた。

「……はい。あれは——蝗害《こうがい》です」

5

——もし、あなたがわたしの民を去らせることを拒み続けるならば、明日、わたしはあなたの領土にいなごを送り込む。

いなごは地表を覆い尽くし、地面を見ることもできなくなる。そして、雹《ひょう》の害を免れた残りのものを食い荒らし、野に生えているすべての木を食い尽くす——。


蝗害は、旧約聖書『出エジプト記』第十章にも記された、人類最古の虫害である。

旧約聖書に記された蝗害の原因は、砂漠飛蝗《サバクトビバッタ》という種類のバッタであると言われているが、蝗害は他にもイナゴやウンカなど様々な虫によって引き起こされ、日本では主に後者が脅威とされている。

蝗害が発生する条件はいくつか存在するが、最も影響力の高いものは、大雨の後などで餌《えさ》となる植物が増えてしまうことだ。

山頂の社で、槐は言っていた。山の向こう側にも肥沃な土地が広がっており、稲、稗《ひえ》、粟《あわ》が無数に自生していると。

そして、紗那もこう言っていた。去年はこの一帯が長雨に見舞われたと――。蝗害の発生条件が見事に整ってしまった。おそらくこの土地は、以前からずっと蝗害の発生しやすい土地だったのだろう。実際、十和婆様の親の世代でも一度発生している。だが、少なくともこの五十年は一度も蝗害は発生しなかった。何故か。

答えは、月詠が日本住血吸虫と共に、蝗害の発生も感染怪異として取り込み、この一帯の環境を意図的に制御していたからだ。

先ほど空洞淵が語った、推理の最後の綻び――あれは何も、ミズチ様の正体が明るみになったために、信仰が弱まって日本住血吸虫が復活することだけを恐れていたわけではなかった。

あえて村人に〈花嫁の死〉という重たいリスクを半ば強制的に負わせた本当の理由――。それは、日本住血吸虫を超えたこの村の第二の厄災である蝗害を防ぐためだったのだ。

本来両者は独立した事象であり、互いに因果関係など存在しない。だが、〈死の掟〉により強固な信仰と仮想の〈神〉をこの地に作り出すことで、村を害するあらゆる厄災を防ぐ強力な感染怪異を生み出した……。

つまり、ミズチ様の信仰を続ける限り、この村は、蝗害からも守られていたのだ。

月詠が建てた石碑に刻まれていた〈虫〉の文字。あれは蛇を表していたのではなく、文字どおり虫のことを表していた。

あの石碑は、かつて村を襲った蝗害を恐れ敬い供養《くよう》するための、虫塚でもあったのだ。

しかし今日、ミズチ様への信仰は終わりを迎えた。

月詠の助言を破り、村人はミズチ様に反旗を翻《ひるがえ》した。虫塚の破壊とともに――。

その結果、ミズチ様の怒りが、蝗害となって発生してしまった。

信仰を捨てることと、蝗害による村の壊滅がイコールになったのも、月詠の企みだろう。かつて彼女はこう言っていた。

この世界は、生きるも死ぬも己次第であると。

日本住血吸虫や蝗害といった理不尽な死への対抗策は授けるが、最終的な責任は自分で負えという、月詠の意思を感じてしまい、空洞淵は思わず歯噛みする。

さすがに想定の範囲外とはいえ、もう少し思考を巡らせていればこの結末も予想できたような気がして、自らの不甲斐《ふがい》なさに腹立たしさすら覚える。まさかそこまでこの村の信仰が緻密《ちみつ》に設計されていたなんて……！

しかも、あの規模の蝗害――。おそらく神籠村のあらゆる農作物や家々を食い尽くすだけでは飽き足らず、そのまま極楽街まで向かうはずだ。

そうなってしまっては、あまりにも被害が甚大《じんだい》すぎる。

見ると、イナゴの通った箇所は、まるで土砂崩れでもあったかのように山肌が露出している。おそらく通り道にある植物という植物を食い尽くしながら進んでいるのだろう。

いったい……どうすれば……？

砕けんばかりに奥歯を噛みしめながら、空洞淵はまだ遠くの空に揺らめいているイナゴの群れを睨《にら》む。

ようやくそこで空洞淵の警告の真意を悟ったらしい村人が、蜘蛛《くも》の子を散らすように逃げ出した。今さらどこまで逃げられるかは定かではないが、少なくとも村にいるよりは安全だろう。

綺翠は声を張り上げ、率先して避難誘導を行っている。花喃や神屋敷もそれに倣《なら》っている。

空洞淵にはいったい何ができるか。

この破滅的結末を導いてしまった一因は空洞淵にもある。あまりにも想定外のことだったとはいえ、彼は責任を感じていた。

今さらながらに、福助の言葉を話半分に聞いてしまったことを悔いる。彼は山の向こうには食べるものがなかったと言っていた。これは山の向こうも実りが豊かだったという槐の言葉と明らかに矛盾する。

さらに福助は、イナゴが多かったとも言った。紛れもなく肥沃《ひよく》な土地の豊かな実りを、大量発生したイナゴが食い尽くしてしまったことの証左ではないか。

もっと真剣に考えていれば、他の結末もあったかもしれないというのに……。

忸怩《じくじ》たる思いを胸に抱きながらも、それらを一旦保留にして思考を巡らせる。

この危機を乗り越える方法は、何かないのか。

必死に考えるが、焦りと不安で思考がまとまらない。そもそも彼はあくまでも一般人だ。あのほとんど超常現象に近い天災を前にして、できることなど――。

そこでまた、ささやかな閃き。

「――綺翠」

半ば無意識に、相棒の名前を呼んでいた。

「なあに？」

こんな非常事態だというのに、綺翠は本当にいつもどおりの調子で応《こた》えた。

「……あのイナゴの群れをよく見てほしいんだ」空洞淵は、放心したように呟く。「あれが、月詠の言う〈ミズチ様に逆らった結果〉として発生したものなのだとすれば、それは一連の感染怪異の一端でもあると解釈できるはずだ」

「つまり、あのイナゴも感染怪異の可能性があると？」

一瞬も訝る様子を見せることなく、綺翠は虚空《こくう》に揺らめく瘴気を睨みつける。

「――確かに、うっすらとだけど、感染怪異の気配があるわね。さすがにこの距離からでは、確証は持てないけど……」

綺翠の答えに、空洞淵は色めき立つ。

「じゃあ、綺翠の力で祓うことができるのかい？」

「……どう、かしら」自信なさげに綺翠は答えた。「基本的に私は、私が認識できるものしか祓えないの。アレは、私の認知を超えている。概念として、大きすぎて私の能力では処理しきれないかもしれない」

そう答えてから、空洞淵の目を見て、彼女は微《かす》かに口元を緩めて笑った。

「――でも、やるしかないものね。ごめんなさい、弱音を吐いて」

綺翠はすらりと右手で小太刀を抜き放ち、左手には小さな神楽鈴《かぐらすず》を構えた。

「空洞淵くん、私の側《そば》を離れないで」

それから囁《ささや》くように彼女は続ける。

「――もし、私の身に何かあったら、あとよろしく」

「綺翠、何を――」

彼女が何をしようとしているのかわからず、その背中に手を伸ばしかけるが、シャン、と神楽鈴を一振りした瞬間、周囲の空気が変わり、空洞淵は思わず背筋を伸ばした。

清澄《せいちょう》で荘厳《そうごん》な気配に――唾を飲む。

「――掛《か》けまくも畏《かしこ》き　伊邪那岐大神《いざなぎのおほかみ》」

薄桃色の唇から、祝詞《のりと》が紡がれる。

唄《うた》うように、祈るように。

荘厳の気配は深化していく――。

「――筑紫《つくし》の日《ひ》向《むか》の橘小戸《たちばなのをど》の阿《あ》波《は》岐《ぎ》原《はら》に」

鈴の音の律動が、涼やかで心地よい。

くるくると、巧みな足捌《さば》きで、巫女は舞う。

洗練された軽やかな動きだが、綺翠の顔は険しい。

白い額には早くも薄ら汗が浮かんでいる。

まるで体力ではなく魂を削っているような様子に、空洞淵は不安を覚え始める。

「――御禊祓《みそぎはら》へ給《たま》ひし時に生《な》り坐《ま》せる祓戸《はらへど》の大神等《おほかみたち》」

徐々に抜き身の刀身は神秘の光を帯び始める。

見ていると吸い込まれそうになるほど、美しい輝きだった。

あれは破滅の輝きだ、と空洞淵は直感的に思った。

「――諸諸《もろもろ》の禍事《まがごと》　罪《つみ》　穢有《けがれあ》らむをば」

いつの間にか、イナゴの第一陣が村までやって来ていた。夥《おびただ》しいほどの無数のイナゴは、耳障《ざわ》りな羽音を響かせて村を蹂躙《じゅうりん》していく。

稲架《はさ》に掛けて干された稲や周囲の木々は言うまでもなく、茅葺《かやぶ》き屋根の家屋や土壁などにも群がり、次々に食い荒らしていく。

徹底した悪食《あくじき》。人類最古の虫害には、一切の容赦がない。

しかし、そんな無法者の彼らでさえ、綺翠とその周囲は避けて通った。

コレは触れてはならないものなのだと、本能的に忌避しているのだろう。

「――祓《はら》へ給《たま》ひ　清《きよ》め給《たま》へと白《まを》す事《こと》を聞《き》こし食《め》せと」

綺翠はますます苦悶《くもん》の表情を浮かべて舞う。

そして彼女の手の霊刀は、まるで生気を奪うかのように一際強く輝きを放つ。

「――恐《かしこ》み恐《かしこ》みも白《まを》す」

膝を突き、綺翠は恭《うやうや》しく刀を掲げて頭《こうべ》を垂れた。

祝詞の奏上は完了したらしい。神楽鈴を仕舞い、ゆっくりと彼女は立ち上がる。

どこか覚束《おぼつか》ない様子だったが、それでも綺翠は気丈に振る舞い空洞淵を見た。

神懸かり――そう表現するしかないほど、彼女の纏う空気は張り詰めている。

「……空洞淵くん。お願いがあるの」

「なんだい？」

「後ろから……一緒に刀を支えてほしいの」

言われるまま、空洞淵は後ろから抱き締めるように綺翠の身体に両腕を回す。

小太刀は、一般的な打刀と比較して柄《つか》がやや短い。必然的に柄を握る彼女に手を添える形で刀を支える形になる。

「瘴気を見て」

相棒の肩越しに、空洞淵は前方の上空を見やる。蠢く漆黒の瘴気。等しくすべてに死を運ぶおぞましい大群の本隊は、もうすぐそこまで迫っている。

はっきり言ってとんでもなく恐ろしいが……不思議と綺翠と触れあっていると恐怖が

和らいでいった。

綺翠はゆっくりと刀を振りかぶる。添えられた空洞淵の両腕も一緒に掲げられる。

切っ先が天宙を指したところで、一度ぴたりと挙動を止め、

「――行くわよ」

次いで、一息に霊刀を振り下ろした。

ぐにゃりと、右眼の視界が揺らぐ。反射的に腕に力を込め、綺翠を抱き締めるように身体を支えた。

再び、世界が書き換えられる――。

一瞬目を閉じ、再び瞼《まぶた》を上げたときには、漆黒の瘴気は跡形もなく消え去っていた。

よかった――、と。

安堵《あんど》のため息をついたところで、腕の中の綺翠は不意に脱力した。

カラン、と音を立てて小太刀は地面に転がる。

「綺翠!?」

慌てて抱き留める。綺翠は額に玉の汗を浮かべながら、荒い呼吸を繰り返している。

それでも空洞淵に抱き留められていることを自覚したのか、薄く双眸《そうぼう》を開き、微笑《ほほえ》んだ。

「……少し、疲れたみたい。空洞淵くん……優しく、介抱してね」

それだけ言うと、綺翠はくたりと意識を失ってしまった。

どうやら力を使い果たしてしまったらしい。
空洞淵は、彼女の愛刀を鞘《さや》に納めて回収してから、その身体を背負い上げる。
思っていたよりも——重たかった。
しかし、これが家族の重みかと思うと気分はいい。
空には乾いた秋晴れが広がっていた。

エピローグ

結局、綺翠《きすい》はあの後丸一日寝込んだ。

いったいいつになったら目覚めるのかと、空洞淵《うろぶち》は寝る間も惜しんで彼女の介抱を続けていたので、彼女が何事もなかったかのようにむくりと身体《からだ》を起こしたときには、思わず涙ぐんでしまったほどだった。

綺翠は起きしなに、村の様子を尋ねてきた。やはり心配だったのだろう。空洞淵は簡単に現状を説明した。

一日経《た》った今はもう、村は落ち着いていた。蝗害《こうがい》の影響で村の半分ほどに壊滅的な被害が出ていたものの、村人には大きな怪我《けが》をしたものはいない、と聞くと綺翠は胸をなで下ろしたように、よかった、と呟《つぶや》いた。

あの無数のイナゴはどこへ消えたのかずっと疑問だったが、綺翠によると〈幽世《かくりよ》〉と〈現世《うつしよ》〉の狭間《はざま》に斬《き》り捨てられたらしい。気の毒だとは思うが、人に害を為《な》す以上致《いた》し方ない。心の中で無辜《むこ》のイナゴたちに手を合わせる。ちなみに虫塚は再建することが決まっている。

　これにより、ひとまず日本住血吸虫及び蝗害にまつわるすべての感染怪異は消失した。ただし感染怪異がなくなり因果の書き換えが完了したとしても、感染怪異が生み出されるまえの環境に逆戻りする、というわけではない。何もしなければ環境は自然に戻っていくだろうが、少なくとも今現在はこの一帯に日本住血吸虫は存在しないはずなので、上手《うま》く環境を整えながら生活していけば、以前のような酷《ひど》い被害は起こらないはずだ。

　すべては村人次第――ということ。

　ミズチ様の信仰を捨てることは、概《おおむ》ね村人からも理解を得られたらしい。蝗害の一件を見て、ミズチ様の祟《たた》りに怯《おび》える信心深いものもいたようだが、十和《とわ》婆《ばあ》様が棄教筆頭ということもあり、比較的すんなりと受け入れられた。

　少なくともこれで今後、村の娘が不条理に命を落とすことはなくなるだろう。ひとまず目先の問題は解決したので、肩の荷が下りたという感じだった。

　蝗害のほうは、さすがにどうしようもないので、金糸雀《カナリヤ》に何らかの対策を取ってもらうほかない。少なくとも、ミズチ様の信仰に結びついた蝗害は、先日綺翠が切り結んだので、今後発生することはないが、自然発生するものは防ぎようがない。おそらく、定期的な殺虫剤の散布あたりが無難な対策になるのではないだろうか、と空洞淵は思う。

そして、それからが大騒ぎだった。

村の新たな門出を祝い、また村総出で大宴会が執り行われたのだ。というのも、すべては紗那《さな》の婚儀のための用意を流用しただけだったのだが、その目的も参加者たちの心持ちもおそらくは正反対であっただろう。皆一様に紗那の無事を喜び、今後も犠牲者が出なくなることに安堵《あんど》した。

その新たな一歩の立役者である空洞淵と綺翠は、大層手厚い歓待を受けた。飲めや歌えの大騒ぎであったが、翌朝にはもう極楽街《ごくらくがい》へ戻ることにしていたので、酒はほどほどにしておいた。綺翠は飲み納めとばかりに、今まで以上に痛飲していたが……まあ、彼女なら大丈夫だろうと自由にさせておいた。

夜更《よふ》け過ぎまで続いた宴会を適当なところで切り上げて一眠りし、翌早朝、空洞淵らは神籠《かみごも》村を立った。去り際《ぎわ》、神屋敷《かみやしき》の人々に、これまでどおり可能な限り法師《ほうし》の助言を守るようにと言い含め、その他の用水路整備など今後必要になってくるであろう計画の概要も説明した。さすがに一度にすべては伝えられないため、空洞淵はしばらく助言者的な立場で、村の新たな門出を見守ることになるだろう。

稲作のほうは、水に触れないわけにはいかないので、防水性の作業着を金糸雀から融通してもらうしかない。幸いなことに、もう春までは水に触れての作業はないため、この間に色々と準備は進められそうだ。

この機に、極楽街と神籠村の交易なども進めていければ、双方にとってよい結果になるのではないかな、と空洞淵は勝手なことを思う。この村の美味《おい》しい酒は、きっと極楽街でも人気が出るだろう。

それから二日を掛けて、空洞淵たちは極楽街へと戻った。

行きよりも下りが多く、足への負担が少なかった影響は大きい。それでも体力的にはかなりの強行軍であったことは間違いない。必要以上に村へ長く滞在してしまったこともあり、一日も早く店を開けなければ、という使命感だけが心の支えだった。

這々《ほうほう》の体で何とか日暮れまえに御巫《みかなぎ》神社の鳥居を潜《くぐ》ったところで——。

「おお、ようやく戻ったか綺翠、霧瑚《きりこ》」

何故《なぜ》か境内には、橙《だいだい》掛かった黄色の着物を纏《まと》った童女、槐《えんじゅ》が仁王立ちで立っていた。

「……何やってんの？」

状況が理解できずに、空洞淵はただ困惑する。すると母屋《おもや》から穂澄《ほずみ》がパタパタと駆けてきた。

「二人ともお帰りなさーい！」

よほど二人の帰宅が嬉《うれ》しかったのか、穂澄は飛びついてくる。

「お風呂《ふろ》の支度もごはんの用意もできてるよ！　もう、めちゃめちゃ寂しかったんだからね！」

「心配掛けてごめんなさいね」綺翠は優しく妹を抱き締めてやる。「それで、この鬼は何？」

「槐ちゃんは、お姉ちゃんたちの知り合いだって言うから、二人が帰ってくるまで泊めてあげてたんだよ」

「……次からは、そう言われても知らない人を家に上げては駄目よ」

警戒心ゼロの妹を思い、綺翠はしっかりと注意する。

空洞淵たちの胡乱《うろん》な視線に気づいたのか、槐は薄い胸を張って朗々と言い放つ。

「ふむ、しばらくここで厄介になろうと思っての」

「いや、『思っての』じゃなくて……え、なんで？」

話が見えないし、疲労のあまり頭があまり回らない。槐はニィと牙《きば》を剥《む》いて笑う。

「住むところもないしな。それに妾《わらわ》は、綺翠と霧瑚が気に入った。あれきり別れるのも惜しいと感じたので、もうしばらく共にいることにしただけじゃ。なに、母屋ではなく裏手の山にでも適当に居を構えるゆえ、心配するな。主らのまぐわいに遭遇しても気まずいのでな。それとも……嫌か？」

最後は急に不安そうな顔で空洞淵と綺翠を窺《うかが》う。そんな顔をされては……断れない。

ちらと綺翠を見ると、複雑そうな顔で口を曲げながらも、

「……悪さしたら叩《たた》き出すから」

と、渋々ながら槐が住みつくことを認めたのだった。これからまた賑《にぎ》やかになりそうだな、と他人事《ひとごと》のように空洞淵は思った。

今やすっかり愛着の湧《わ》いた五右衛門《ごえもん》風呂に肩まで浸《つ》かり、その後久方ぶりの穂澄の手料理に舌鼓《したつづみ》を打っていたら、すっかり夜も更けてしまった。

いつもよりもつい深酒をしてしまった空洞淵は、一人、濡《ぬ》れ縁《えん》から庭へ出て酔いを覚ます。

天宙には、丸い黄金色の月が浮かんでいる。今日は十三夜らしい。

いつの間にかすっかり秋めいた夜風が、火照《ほて》った身体を冷やして大変心地よい。

目を瞑《つむ》り、全身に優しい風を受けながら、一連の騒動のことを思い返す。

今回もまた、大変な目に遭ってしまった。自分から首を突っ込んだこととはいえ、まさかあそこまで事態が複雑化してしまうとは予想していなかった。やはりこの〈幽世〉のトラブルは一筋縄ではいかないのだということを思い知らされる。

でもきっと、また同じように助けを求められたら、自分から首を突っ込んで行ってしまうのだろうな、とも思う。

性分とはいえ、なかなかままならないものだ。

一度大きく深呼吸をする。

心地よい疲労感に包まれている。今夜はよく眠れそうだ。

「――何してるの、空洞淵くん」

不意に背後から声を掛けられた。振り返ると、浴衣《ゆかた》姿の綺翠が音もなく歩み寄ってきていた。月明かりに白い肌を反射させるその姿は、この世成らざるもののように美しい。

綺翠はそのまま空洞淵の隣に立った。許可を取ることなく、自然な所作で空洞淵の腕を抱く。甘い、酒の匂《にお》いがした。

「こんなところにいたら身体を冷やすわ」

「少し、考えごとをしていたんだ」空洞淵は素直に答える。「今回はちょっと、自分の力不足を実感したからね」

「力不足って……」不満そうに綺翠は唇を尖《とが》らせる。「怪異祓《ばら》いは私の仕事よ。空洞淵くんは知恵を貸してくれればいいの。今回だって、あなたはよくやってくれたわ。最善の結果になったと言ってもいい。村の人たちだって、みんなあなたに感謝をしていたでしょう?」

「それはそうかもしれないけど……でも、偶然すべてが上手くいっただけで、一歩間違えれば、極楽街まで崩壊させる危険があったことは反省しないといけない。知恵を巡らせることが僕の仕事なのだとしたら、そこまで先を読まなきゃいけなかった」

「相変わらず馬鹿真面目《ばかまじめ》ねえ」

クスッと綺翠は笑った。機嫌はよさそうだ。

「そういえば、一つ気になっていたことがあるのだけど」

「なんだい？」

「月詠《つくよみ》はどうして、旅人には親切にしろ、なんて教えを残したのかしら？　寄生虫をどうこうとは、正直関係ない気がするのだけど」

言われてみれば確かにそうだ。その助言だけが、浮いてしまっているようにも思える。

日本住血吸虫という寄生虫を、あの一帯だけに封じ込めておくつもりであれば、旅人は徹底的に排除すべきだし、あるいは逆に認知を広げて感染怪異をより強固なものにしようとしていたのであれば、その後旅人に村のことは口外するなと口止めするのも妙だ。

そもそも人の口に戸は立てられない。ミズチ様の祟りを恐れて積極的に吹聴《ふいちょう》はしなかったとしても、酔った拍子にポロリと零《こぼ》してしまうようなこともあっただろう。つまり、少なくとも旅人の受け入れを認めた時点で、村のことを外部から秘密にする意図はなかったことになる。

ならば何故――。

そこまで考えて、酔った頭はとんでもない結論を導き出す。

途方もなさすぎて、思わず笑ってしまった。

「どうしたの？」

不思議そうな顔で綺翠は空洞淵を見た。

「いや……少し、荒唐無稽《こうとうむけい》な仮説を思いついて」

「荒唐無稽でもいいわ。話して」

真《ま》っ直《す》ぐに空洞淵を見つめてくる。その目元は、月明かりの下で僅《わず》かに赤みが差していた。色のある話ではなく、単純に酒に酔っているだけなのが惜しい。

「……少し、考えてみたんだ」空洞淵は語り始める。「もしも、その教えがなければ、どうなっていただろうって。少なくとも余所者《よそもの》の僕らは真っ当な方法では、村へ入ることも叶《かな》わなかったはずだ。きっとそのときは、十和婆様から村の伝承を詳しく聞くこともできなかったし、村長に真相を話したところで信じてもらうことも難しかったと思う」

「それは……きっとそうね。そもそも皆が友好的であったからこそ、最終的に空洞淵くんの仮説が受け入れてもらえたというところがあるし」

顎《あご》に指を添えて、綺翠は考え込む。

「でも、だとしたら、どういうことになるの？」

「もしかしたら……初めから僕らにあの村の感染怪異を解かせるつもりだったんじゃないかな、って」

「初めからって……つまり、五十年まえから？」

「うん。神籠村の厄災は、五十年まえから解決されることが決まっていたんじゃないかなって、こんなふうに思ったんだ」

あまりにも荒唐無稽だが、そう考えると辻褄《つじつま》があう。

旅人を歓迎する、という教えがなければ、少なからず村は排他的になっていたはずであって、空洞淵らが行ったところで、今回のようにスムーズな問題解決には絶対に至らなかったはずなのだ。

つまり逆に考えるならば、空洞淵らを素直に迎え入れ、問題を解決してもらうために、旅人を歓迎する、という教えが作られたとも言える。

そもそも、神籠村の伝承を解き明かすためには、現代の医学知識と、怪異を切り結ぶ力の二つがどうやっても不可欠なのだ。神籠村で生まれ育った人間には、それが絶対的に不可能である以上、外部からの人間に頼るしかない。それが具体的に空洞淵と綺翠のことを指していたのかは定かではないが、いずれそのような者が現れると想定していた可能性は否定できない。

やって来た外部の人間に対し、みだりに村のことを吹聴するなと釘《くぎ》を刺すのも、神秘性の維持と、不用意に村への移住者を増やさないためとすれば納得がいく。

そう考えると、花嫁に選ばれた娘が、蛇の夢を見る、というのも妙だ。選ばれた娘の腹が翌朝から急に膨れるのであれば、本来、そのような予備的な夢を見る必要がないのだ。つまり蛇の夢には、花嫁に覚悟を決めさせるといった曖昧《あいまい》なものではなく、もっと別の意味が込められていると考えるほうが自然だ。

そこでまた新たな仮説が脳裏を過《よぎ》る。

あるいは花嫁が見ていたのは、蛇の夢などではなく……日本住血吸虫そのものだったのではないだろうか。

日本住血吸虫の成体は、細長く、蛇のような形状をしている。何も知らない娘たちがそれを蛇だと認識したところで不思議はない。

そして蛇の夢の話を聞いた、現代医学知識を持った外部の人間が、そこから日本住血吸虫の存在を想起することを願って、伝承の一部に組み込んだ……。

ヒントは、初めからあらゆるところに撒《ま》かれていた。

紗那の一件だってそうだ。

状況を改めて整理してみよう。

本来ミズチ様の花嫁に選ばれないはずの神屋敷の人間が、今年の花嫁に選ばれてしまった。そして、そのことを不満に思った花嫁の妹が、村を抜け出して外部の人間、つまり空洞淵の元へ助けを求めてきた――。

その切っ掛けがなければ、そもそも空洞淵がこの一件に関わることなどなかったわけで。ならば、その大元である彼女たちを水場へ誘った白銀《しろがね》の狐《きつね》は、やはり月詠の意思によるものであったと考えるのが自然だ。今年紗那が選ばれたのは偶然ではなく、ある意味において五十年もまえから決められていたことと言える。

何よりも極めつけは、あの童歌《わらべうた》だ。

――あなのそこから　こちらをみてるの　だあれ？

最後までわからなかったあの一節。あれはひょっとしたら、まさに空洞淵のことを示していたのではないか。『空洞』とは文字どおり洞穴のような深い穴を指す言葉だ。空洞淵が村を診たことで、すべての問題が片付いた――偶然にしてはできすぎている。今さら真相なんてわからないけれども、月詠ならばそれくらいをやってのけそうな気がしてしまう。

そう考えると、月詠は徹底して神籠村を救おうとしていたことになる。

空洞淵を無理矢理〈幽世〉へ連れ込んだり、前回の吸血鬼騒動を陰で操っていたり、あるいは他にも余罪がたくさんあるようだが、これまで空洞淵が抱いていた、人に迷惑を掛けることを楽しむ愉快犯的な人物像とは、少々イメージが異なってくる。

「ねえ、綺翠」

「なあに？」

「月詠は……本当に悪いやつなのかな……？」

「——さあね」綺翠の返事は素っ気ない。

「生きるも死ぬも己次第、と言ってたけど……何故そんな人を試すようなことをするんだろう？」

「大方、金糸雀への当てつけでしょう」

「当てつけ？」

「金糸雀は、〈幽世〉を生み出した者として、この世界に住むすべての人が、幸せに暮らすことを望んでいるわ。そして事実、目の届く範囲ではその能力を惜しみなく使い、人々の問題に介入している。金糸雀はね、この世界を本当の楽園にしたいと願っているのよ。私に言わせれば……無茶な望みなんだけど」

そう呟いて、綺翠は空を見上げた。

「だから月詠は、金糸雀に現実を突きつけるために、色々悪さをしているのだと私は思う。それでも私は……金糸雀の、年甲斐《としがい》もなく夢見がちな望みが嫌いではないのだけど」

綺翠は少しだけ口元を緩めると、首を傾《かし》げて空洞淵を見た。

「月詠が、生きるも死ぬも己次第、というのならば、さしずめ金糸雀は、生きてこそこの世は楽し、という感じかしら。私はその理想郷の実現に、一役買っているわけね。無論、空洞淵くんも」

そう言って、綺翠は空洞淵の手を取り、指を絡《から》めてきた。ほんのりと冷えた指先が空洞淵の手を刺激する。

「――冷えてきたね。そろそろ戻ろうか」

綺翠との肌の触れあいはまだ慣れない。緊張して、話を切り上げようとするが、綺翠は、ううん、と小さく首を振った。

「……もう少しだけ、こうしていたいの」

そう、とだけ短く答え、二人は無言で秋の夜空を見上げる。

秋風は冷たいが、腕を通じて伝わってくる綺翠の体温は温かい。

ふと、そのとき槐に言われた言葉を思い出す。

欲を持て、と。

欲――それは今、空洞淵が感じているような、鼓動が逸《はや》り、喉《のど》の奥がくすぐられるような不思議な感情のことなのだろうか。

論理的な理由などまったくないのに、何故か無性に綺翠を抱き締めたいと感じてしまう。ただし、それを発露するか否《いな》かは、まったくの別問題で――。

「……ねえ、綺翠」

「なあに?」

「その、嫌だったら拒絶してくれて全然構わないんだけど」

「突然どうしたの？」

「……抱き締めてもいい？」

「……は？」

鳩《はと》が豆鉄砲を食ったような顔で、綺翠は空洞淵をまじまじと見た。空洞淵は顔が熱くなるのを感じる。酒精が回り、適度に理性が溶けている。わざわざ相手に確認をとるあたりは、大変自分らしいと、客観視して呆《あき》れるが、それでも一歩踏み出す決意を固められたことは、めざましい前進だった。

この感情が恋なのかどうかはわからない。本来この世界の住人ではない空洞淵が今後どうなるのかも、驚くほど未確定だ。

それでも今この瞬間だけは、御巫綺翠という女性と共にいたいと、強く感じた。

綺翠はたっぷり三十秒ほど黙り込んで空洞淵を見つめたあと、不意に小さく吹き出した。

「空洞淵くんのそういうところ、好きよ」

絡めていた腕を放し、綺翠は空洞淵と向かい合うように立った。

「――いつでもいいわよ」

毅然《きぜん》として言い放つが、彼女の身体はどこか普段と違いギクシャクしている。どうやら彼女も緊張しているらしい。

ごくりと唾《つば》を飲み込んでから、空洞淵は一歩綺翠に歩み寄る。パーソナルスペースの絶対的な侵略。不意に腕を取られるくらいならばまだしも、自らの意思で、そして正面切って自分と他者の領域を侵すのは正直恐ろしい。

覚悟を決めて、そっと壊れものに触れるように、その華奢《きゃしゃ》な身体を抱き締める。

「あっ……」と可愛《かわい》らしい小さな声が漏れ聞こえた。

薄い浴衣越しに、全身から綺翠の熱を感じる。彼女の身体は、とても温かい。

ただ抱き締めているだけなのに、得も言われぬ幸福感が満ちてくる。不思議な感覚だった。甘い香りが鼻腔《びくう》をくすぐる。酒精ではない、綺翠の匂いだ。

いつの間にか、綺翠も空洞淵の背中に手を回していた。

二人の距離は限りなくゼロに近づいていく。

鼓動が加速する。それが自分のものなのか、あるいは綺翠のものなのかもうよくわからない。思考はますます鈍化する。

ただこの満ち足りた時間が、永遠に続けばいいのに、とそんなことを思ってしまう。

永遠なんてものはないのだと、わかっているのに。

この関係も、いつかは必ず終わりを迎えるものだと、理解しているはずなのに。

なるほど、これが欲なのか、と遅まきながらに理解する。

論理性などまるでない、ただ己《おの》が内から沸き起こる刹那《せつな》の願望――。

意外と、悪いものではなさそうだ、と空洞淵は思った。

そのときふと、視界の隅に妙なものが見えた気がした。意識の片隅で、それを捉《とら》える。

穂澄と槐が、濡れ縁から爛々《らんらん》と瞳《ひとみ》を輝かせてこちらの様子を窺っていた。

「…………」

どうやらすべてを見られていたらしい。急に気恥ずかしくなってくるが、今さら止めたところで意味もないと思い、気づかなかった振りをする。

さあ、と一陣の西風が通りすぎた。

十三夜の満月と、鬼と、少女に見守られながら。

空洞淵霧瑚の、決意の夜はゆっくりと更けていく――。

参考文献

『傷寒雑病論』小曽戸丈夫編　谷口書店
『神道　古神道　大祓祝詞全集』神道・古神道研究会著　弘道出版
『地方病（日本住血吸虫症）』Wikipedia
https://ja.wikipedia.org/wiki/地方病_（日本住血吸虫症）
『旧約聖書　新共同訳』日本聖書協会

本書は新潮文庫のために書き下ろされた。

紺野天龍著

幽世《かくりよ》の薬剤師3

悪魔祓い。錬金術師。異界に迷い込んだ薬師・空洞淵は様々な異能と出会う……。現役薬剤師が描く異世界×医療ミステリー第3弾。

紺野天龍著

幽世《かくりよ》の薬剤師4

昏睡に陥った患者を救うため診療に赴いた空洞淵霧瑚は、深夜に「死神」と出会う。巫女・綺翠にそっくりの彼女の正体は……？

紺野天龍著

幽世《かくりよ》の薬剤師5

「不老不死」一家の「死」。薬師・空洞淵は「人魚」伝承を調べるが……。現役薬剤師が描く異世界×医療×ファンタジー、第5弾！

知念実希人著

天久鷹央の推理カルテ

お前の病気《ナゾ》、私が診断してやろう――。河童、人魂、処女受胎。そんな事件に隠された〝病〟とは？　新感覚メディカル・ミステリー。

知念実希人著

久遠の檻
―天久鷹央の事件カルテ―

15年前とまったく同じ容姿で病院に現れた美少女、楯石希津奈。彼女は本当に、歳をとらないのか。不老不死の謎に、天才女医が挑む。

知念実希人著

生命の略奪者
―天久鷹央の事件カルテ―

多発する「臓器強奪」事件。なぜ心臓は狙われたのか――。死者の崇高な想いを踏みにじる凶悪犯に、天才女医・天久鷹央が対峙する。

清水朔著

奇譚蒐集録
—弔い少女の鎮魂歌—

死者の四肢の骨を抜く奇怪な葬送儀礼。少女たちに現れる呪いの痣《あざ》の正体とは。沖縄の離島に秘められた謎を読み解く民俗学ミステリ。

京極夏彦著

今昔百鬼拾遺　天狗

天狗攫いか——巡る因果か。高尾山中に端を発する、女性たちの失踪と死の連鎖。『稀譚月報』記者・中禅寺敦子らがミステリに挑む。

杉井光著

この恋が壊れるまで夏が終わらない

初恋の純香先輩を守るため、僕は終わらない夏休みの最終日を何度も何度も繰り返す。甘く切ない、タイムリープ青春ストーリー。

月原渉著

九龍城の殺人

「男子禁制」の魔窟で起きた禍々しき密室連続殺人——。全身刺青の女が君臨する妖しい城で、不可解な死体が発見される——。

早坂吝著

探偵ＡＩのリアル・ディープラーニング

天才研究者が密室で怪死した。「探偵」と「犯人」、対をなすＡＩ少女を遺して。現代のホームズVS.モリアーティ、本格推理バトル勃発!!

大神晃著

天狗屋敷の殺人

遺産争い、棺から消えた遺体、天狗の毒矢。山奥の屋敷で巻き起こる謎に満ちた怪事件。物議を呼んだ新潮ミステリー大賞最終候補作。

東川篤哉著

かがやき荘西荻探偵局

謎解きときどきぐだぐだ酒宴（男不要!!）。西荻窪のシェアハウスで暮らす金欠アラサー女子三人組の推理が心地よいミステリー。

松岡圭祐著

ミッキーマウスの憂鬱

秘密のベールに包まれた巨大テーマパーク。その〈裏舞台〉で働く新人バイトの三日間を描く、史上初ディズニーランド青春成長小説。

麻耶雄嵩著

あぶない叔父さん

高校生の優斗となんでも屋の叔父さんが、奇妙な殺人事件の謎を解く。あぶない名探偵が明かす驚愕の真相は？　本格ミステリの神髄。

宮部みゆき著

この世の春（上・中・下）

藩主の強制隠居。彼は名君か。あるいは、殺人鬼か。北関東の小藩で起きた政変の奥底にある「闇」とは……。作家生活30周年記念作。

道尾秀介著

向日葵の咲かない夏

終業式の日に自殺したはずのS君の声が聞こえる。「僕は殺されたんだ」。夏の冒険の結末は。最注目の新鋭作家が描く、新たな神話。

湊かなえ著

母　性

中庭で倒れていた娘。母は嘆く。「愛能う限り、大切に育ててきたのに」――これは事故か、自殺か。圧倒的に新しい〝母と娘〟の物語《ミステリー》。

イラスト　こより
デザイン　川谷康久（川谷デザイン）

幽世《かくりよ》の薬剤師《やくざいし》2

新潮文庫　こ－74－2

令和四年十一月一日 発行
令和六年十月三十日 五刷

著者　紺《こん》野《の》天《てん》龍《りゅう》
発行者　佐藤隆信
発行所　株式会社 新潮社
郵便番号　一六二―八七一一
東京都新宿区矢来町七一
電話 編集部(〇三)三二六六―五四四〇
読者係(〇三)三二六六―五一一一
https://www.shinchosha.co.jp

印刷・錦明印刷株式会社　製本・錦明印刷株式会社

ISBN978-4-10-180253-4 C0193